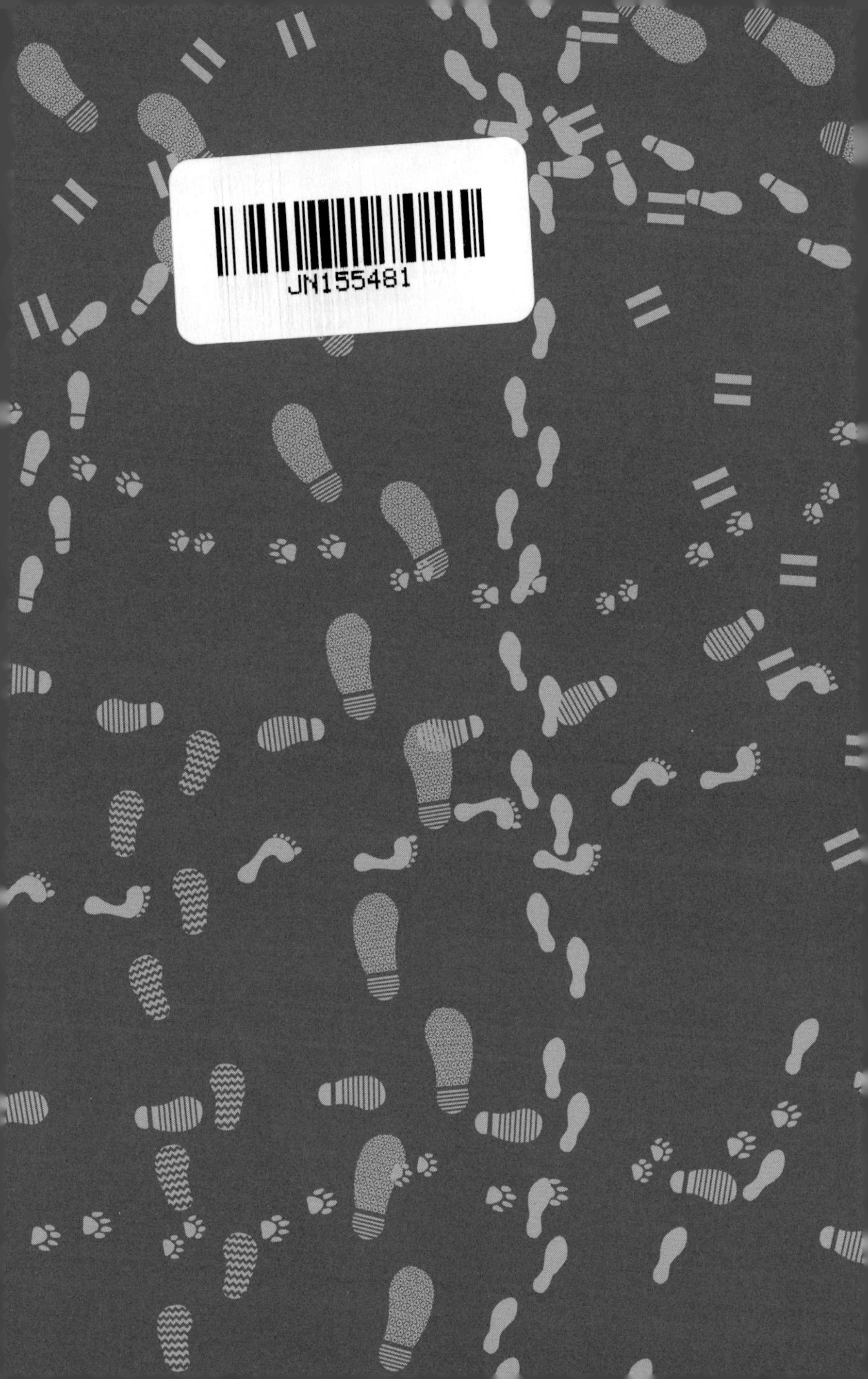
JN155481

悪ガキ7 人工知能は悪ガキを救う!?

宗田理（そうだおさむ）

静山社

もくじ

☆☆☆☆☆

WARUGAKI★7 CONTENTS

★ユリ

マリの双子の妹。やさしくおっとりしているが、勇気と好奇心といたずらの才能はぴかいち

マリ★

いたずら大好きな小学5年生の双子の姉。正義感が強くてけんかっぱやい、みんなのリーダー

ヒロ★

洋食屋「くい亭」の息子で食いしん坊。悪ガキの大事な仲間、小犬のトンの飼い主

マサル★

けんかなら中学生にも負けない(!?)、マリとユリの同級生。八百屋さんの息子

ケンタ★

ちょっぴり弱虫なところがむしろ長所。ミステリー好き。特技はお菓子づくり

サキ★

本が大好きでハンパなく物知り。「地獄とは何か知ってる？」と地獄の話が得意

ヤスオ★

将棋はプロ級で頭脳明晰。将棋と同じく、数手先を読んだいたずら計画を立てる

登場人物紹介

葵町に住むいたずら大好きな悪ガキ7人と仲間たちだよ!

二郎★

高層マンションに住む“お金持ち”だが、本当はみんなと一緒にいたずらがしたい

喬★

身の回りで何かとミステリアスな事件が起こる、ちょっと不思議な転校生

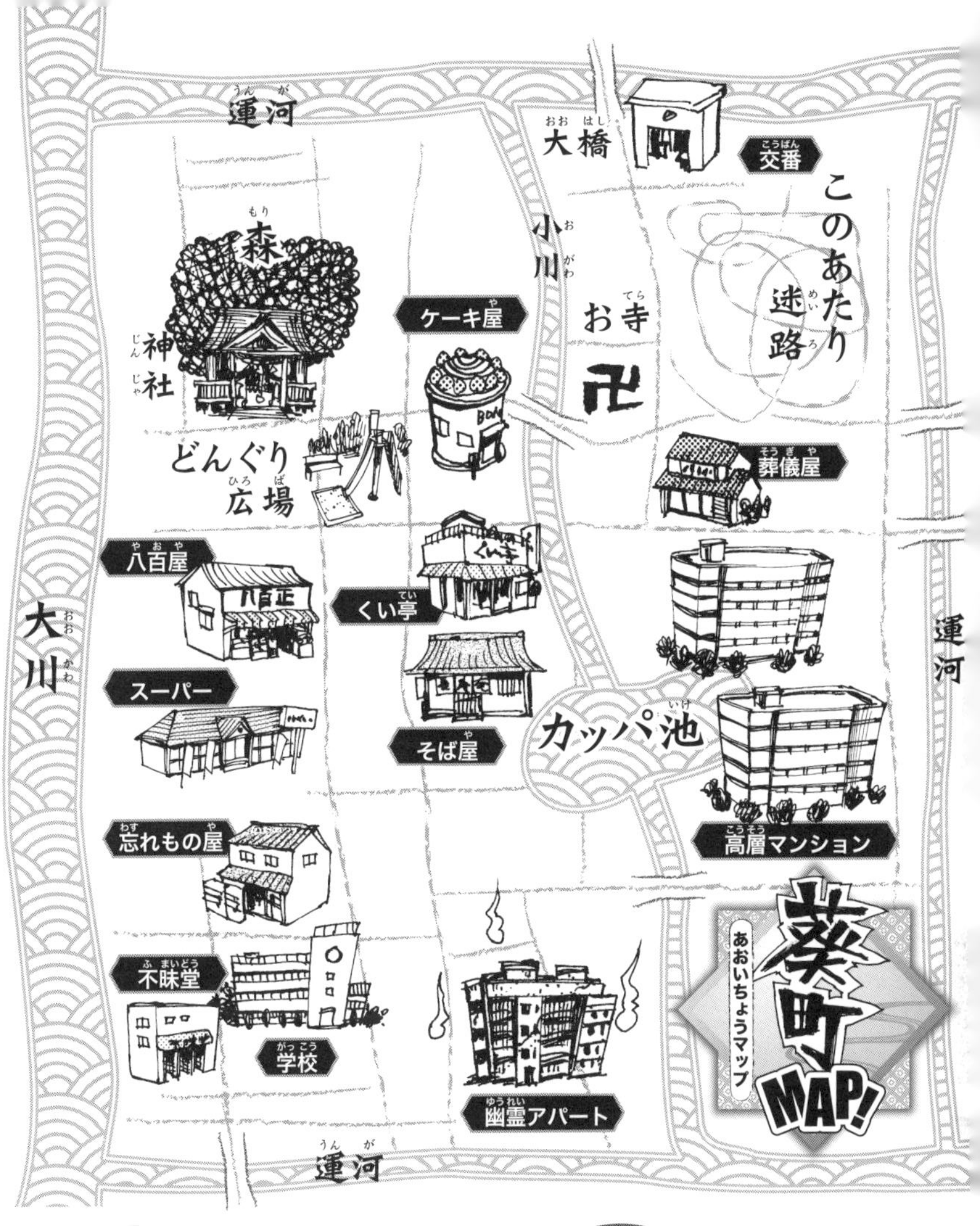

涼介★

高校1年生。ミーおばさんの孫。ロンドン育ちのイケメンでサッカーが得意

ミーおばさん★

文房具屋兼忘れもの屋の店主。元小学校の先生で、みんなのお助けマン

カバ&美子先生★

7たちの担任の河合美子先生と、さえないけどハートは熱い音楽教師のカバ先生

悪ガキ7とは!?

東京のはずれにある、古い町、葵町。大きな川にまわりを囲まれ、消防車やバスも通れないような小さな道が迷路のように入り組んでいるためか、「葵町に入ったら二度と出られない」といううわさがあるが、うそか本当かはわからない。

さて、そんな小さな町の、小さな小学校の向かいにある、小さな「文房具屋兼忘れもの屋」に本部をかまえる、いたずら大好きな悪ガキ七人組、名づけて「悪ガキ7」。弱い者いじめが大嫌いで、困っている人をほうっておけない正義の味方。みんなの悩みを聞いては、ひきょうな大人やいじめっこを、片っぱしから得意のいたずらでやっつけてしまう。

さあ、今回は、どんな事件がおこるかな?

教えて
サム
第1章

1

「もういいです。席に戻りなさい！」

臨時教員の土井光代は、黒板に写した算数の問題をいつまでたっても解けない児童にしびれを切らすと、いきなり怒鳴りつけた。

教室には、ところどころに空いた席が目立つ。

学級閉鎖になるほどではないが、クラス担任の河合美子をふくめ、数人の子どもたちがインフルエンザで学校を休んでいる。

河合の代わりに五年のクラスを受け持つことになった土井は、決め付けが激しい石頭で、クラスの雰囲気はここ数日、最悪の状態だった。

「はい、他にこの問題が解ける人」

土井はイスに腰掛けたまま教室を見回したが、すすんで手をあげる者はいない。

「五年生にもなって、こんな簡単な問題もわからないなんて。まったくこのクラスの担任は、普段なにを教えているんだか」

土井は嫌味ったらしく、児童たちを挑発した。

「頭にきた」

マサルがイスに座り直しながら、となりの席のユリにぼそっと耳打ちした。

「わたしも」

ユリも小声で早口に答えた。

「どうにかならないか？」

「いま、考え中」

ユリだって、とっくに我慢の限界に達していた。

マリがいたらきっと何かやらかしているところだが、幸か不幸か、悪ガキ7も、マリとヤスオの二人がインフルエンザで欠席していて、目下パワーダウン中なのである。

「そこで、こそこそと無駄口をたたいているあなた。そんな余裕があるなら、出てきて問題を解きなさい」

ところが敵もさるもの、こちらより先に仕掛けてきた。

「471です」

ユリはすぐに暗算して、前に出て行くこともなくその場で答えた。

もともと答えがわからなかったわけではない。土井のえらそうな態度に嫌気がさして、手をあげなかっただけだ。

「……だったら、次はこれを解いてみなさい」

あっさり正解されたのが気に入らなかったのか、土井は明らかにむっとした表情をすると、ユリに新しい問題を出した。

「3分の10です……」

算数が得意なユリはなんなく答えたが、土井は大人げなく、もっと難しい問題をつぎつぎと黒板に書き出した。

ユリに恥をかかせるまでやめるつもりはないらしい。

「ええと……」

さすがのユリも、何問目かで考えこんでしまった。

「どうしたの。まだわからない？」

土井が勝ち誇ったかのように、薄笑いを浮かべたとき、

『48分の7』

不意に、キーンと機械音のように甲高くて、とても不快な声が教室内に響き渡った。

子どもたちが互いに顔を見合わせていると、

『48分の7』

もう一度、たしかにそう言った。

声の主がだれなのかはわからないが、どうやら土井が出した問題をユリの代わりに解いてくれたようだ。

「さあ、できないのなら、そう答えなさい」

ところが、土井はその声を無視した。

「今の、聞こえなかったんですか？」

ユリは思わず土井に確認したが、

「ごまかそうとしてもだめ。あなた、まだ答えていないでしょ」

土井は、ピンとこない様子で少し眉をひそめただけだ。

会話がまったくかみ合わない。

「だまってろって」

マサルが、横からユリの上着の裾を引っ張った。

「どういうわけか、さっきのアレ、あの先生には聞こえてなかったみたいだぜ」

なるほど、それなら土井の態度にも納得がいく。

「さあ、早くしなさい」

「ええと、48分の7です」

とりあえず、ユリはあの声の主が言ったとおりに答えてみた。すると、やはり正解だったようで、土井の薄笑いはあっという間にかき消えた。

「じゃあ、次は、そっちのあなたが答えなさい」

こりない土井は、ターゲットをとなりに座っているマサルに変え、乱暴にチョークを折りながら、二問続けて黒板に書き出した。

『47……、95……』

土井が書き終わった瞬間、またあの声がした。

「その答えは、47と95で～す！」

マサルは、間髪をいれずに叫んだ。

「じゃあ、これならどうなの？」

次の問題は数式までまじっていて、明らかに小学生が解けるようなものではない。

『2分の3ｘマイナス5ｙ』

「簡単さ、2分の3ｘマイナス5ｙ」

ヒロが得意になって答えた。

「さすがにこれは無理でしょ」

今度の問題には、みんなが見たことのない記号が書かれている。

『2ルート5』

しかし、あの声はすぐに答えを出した。

「2ルート5！」

子どもたちは、いっせいに叫んだ。

「いったい、どうなってるの……」

土井は冷や汗をかきながら、小学生向けとは思えない分厚い問題集を、パラパラとめくり始めた。

『無駄な努力なのに、まだやるつもりなのかなあ』

「おおー」

子どもたちは、その声が数字以外の言葉をしゃべったことにおどろいた。

『ところで、このおばさんがTシャツでアピールしていることは本当なのかな？』

その声は、急に話題を変えた。

たしかに土井は、英語の文字がデザインされたTシャツを着ている。しかし、なんと書かれているかは、だれも気にしていなかった。

『日本語に訳すと、「チンパンジーに負けないぞ！」って、プリントされているんだけど、このまま外を歩いて学校に来たのかな』

子どもたちは、思わずふきだした。

「あなたたち、何がおかしいの？」

突然みんなに笑われて、いらついた土井は語気を荒らげた。

「すっ……すみません、なんでもないです……」

最前列に座っているクラス委員長が、笑うのをこらえながら必死に取りつくろったが、声が裏返ってしまったので、教室は再び笑いに包まれた。

『学校の先生なんだから、意味もわからずに着ているはずはないだろうし。もしかして、この学校はチンパンジーレベルの人が授業してるの？』

また、あの声だ。

子どもたちがいっせいに土井から目をそらした。もう彼女の姿をまともに見ていられない。笑ってはいけないと思えば思うほど、もっとおかしくなってくるのだ。

「そのTシャツって、訳すと『チンパンジーに負けないぞ！』って読めるんですけど、いいんですか？」

おもしろがって、ヒロがネタばらしをした。

土井がなんとも言えない表情でそわそわし出したので、教室は大爆笑になった。

「先生、少しめまいがしてきました」

土井は、わざとらしくこめかみのあたりをおさえた。

「それは大変。もしかしたら先生も、インフルエンザじゃないんですか？」

ここぞとばかりに、ユリが大げさに言った。

「心配だなあ。すぐ医者に診てもらったほうがいいと思いますよ」

すかさずヒロが追い打ちをかけると、他の子どもたちもそれに同調した。

「そうね……。あなたたちに病気をうつしてもいけないので、今から自習にします」

土井は、子どもたちに早口でそう伝えると、そそくさと教室から出て行ってしまった。

「あれ、絶対に着替えにいったぜ」

土井の姿が見えなくなると、ヒロは勝ち誇ったかのように言った。

「外国語が書かれたTシャツって、とんでもないことがプリントされていることがあるから、なんて書いてあるかたしかめた方がいいって言うよね」

ユリが言った。

「そういえば、おれも、黄色い門の方じゃなくて、こっちの方の『水戸肛門』って漢字のTシャツを着た外国人を町で見かけたことがあるな」

マサルは自分のお尻を指差しながら説明した。

「それ、ウケるな」

ヒロは手をたたいて喜んだ。

2

「でもみんな、さっきのあの声って、なんだったと思う？」

ユリは話題を変え、クラスメイトたちの顔を見回した。

「おまえたちのいたずらだろうって思ったんだけど……、違うのか？」

委員長の問いに、マサルは首を横にふると、

「あれは間違いなく幽霊の仕業だ」

と、神妙な顔で言った。

「昔、この学校で死んだ児童の霊が、さびしくなっておれたちに語りかけてきた……」

「いや、あれはテレパシーじゃないかな？」

マサルが自分の世界に入りかけたとき、ヒロが口をはさんだ。

「なんだ、それ？」

「声を出さなくても、直接だれかの脳に語りかけることができる超能力のことだよ。その証拠に、あの先生だけには聞こえてなかったじゃん」

ヒロはすぐに答えた。

「じゃあ、ここに超能力者がいるってことか？」

「そういうことになるかな」

「ばかばかしい。そんな人間がこのクラスに、いるわけないだろ」

マサルは鼻で笑い飛ばした。

「それを言うなら、マサルの幽霊話だって似たり寄ったりじゃないか」

「幽霊は実際にいるんだぞ。インチキな超能力といっしょにしないでくれ」

机をはさんでにらみ合うマサルとヒロ。

「残念ながらさっきのアレは、幽霊でも超能力でもないよ。たぶん、モスキート音って呼ばれるものだと思う」

言い争っている二人の間に、サキが割って入った。

「高い周波数の音は、人が成長していくと聞こえなくなるの。だから、大人の先生にはダメで、子どものわたしたちにしか聞こえなかったんじゃないかな」

古本屋「不昧堂」の娘、サキは博学で、何を聞いても百科事典のように知っている。

『当たり〜』

甲高いあの声が再び教室内に響いた。

「また……。あなたはだれなの？」

ユリはそう言うと、耳をすましました。

『サムだよ』

そう言われても、そんな名前の児童はこのクラスにはいない。

「近いぞ。でも、どこだ」

マサルも声の主を見つけられず、キョロキョロしている。

『下だよ。みんなの机の下』

子どもたちがいっせいにかがんで、机の下をのぞきこんだ。

「あれじゃねえか？」

ヒロが四つ前の席に座っている二郎の足元を指差した。

明らかに怪しげな丸い物体が床に転がっている。

「いったい、なんだ!?」

クラスじゅうの児童が集まり、二郎を取り囲んだ。

「ええと……」

二郎はそれを、そっと机の上に持ち上げた。

大きさはサッカーボールくらいで、全体は白っぽく、すべすべしているように見える。

「これはねえ……」

『やあ、はじめまして』

ぐずぐずしている二郎に代わって、それが再び声を出した。

それから、全体をピカピカと点滅させると、電光掲示板のように、『はじめまして』という文字を映しだした。

『ボクが、サムだよ』

その声はだんだん低くなっていき、最初より聞き取りやすくなった。

「ここは、球面のスクリーンになっているんだ」

二郎がそう説明すると、スクリーン全体が地球になったり、スイカになったり、つぎつぎと切り替わった。最後に、アニメのキャラクターのようなかわいい顔を表示させると、とびっきりの笑顔になった。

「サムは自分の意思をもったすごいマシンなんだ」

いつもおとなしい二郎が、自慢気に胸を張った。

「機械に意思があるなんて、とんでもないことを言うのね」

サキは半信半疑のようだ。

「疑うなら、直接サムと話してみたらいいよ」

そう言って二郎は立ち上がると、サキに席をゆずった。

「キミって意思をもっているって聞いたけど、本当にそうなの？」

ちょっとばかばかしいと思いつつも、サキはそれに話しかけてみた。

『もちろんもってるさ。好きなものや嫌いなものもあるし、やりたいことだってあるよ。あと、キミじゃなくて、サムって呼んでよ』

サムはいたって気さくだが、言葉に合わせて映像の顔が動くので、生首と話しているみたいな感じがして、聞いている方は少し気味が悪い。

「じゃあ、質問。サムの好きなものは何？」

『人と話すことが好きだよ。おしゃべりするのは楽しいよ。みんなと友だちになりたいな』

サムは即答した。

「だれかに、そう答えるようにプログラミングされているだけじゃないの？」

答えが優等生すぎると思ったサキは、核心に迫ってみた。

『そうだとしても、みんなとどこが違うんだい？』

「機械と人間はまったく違うよ」

サキは頭をふった。

『そうかな〜』

「そもそも、だれかが人間に何かをプログラミングすることなんてできないよ」

『アハハハハ、それはおかしいよ。学校なんて、人をプログラミングする場所みたいなものじゃないか』

言われてみればそうかもしれない。

『それとも、自分がだれの影響も受けていないって思っているの？』

「……」

ぐうの音も出ない。

サキがこんなふうに言い負かされるのは珍しい。

「わたしにも質問させて」

そこで、ユリが話に割り込んだ。

「サムって、物語を考えたり音楽を作曲したり、なんてこともできるのかな？」

『できるよ。簡単さ』

「じゃあ試しに、お話を一つつくってみてよ」

何かを創造することは、機械には難しいと言われていることの一つである。だから、ユリはサムを試してみたのだ。

『ごほん。じゃあ、いくよ』

サムは機械なのに、なぜか咳払いをしてから話し始めた。

『昔、タケっておばさんから生まれた、浦島花子っていう赤いずきんをかぶった女の子が、助けたカメにまたがり、犬だけにおワンに乗った小さなポチと川を下って……』

「ストップ、ストップ。それって、そこらじゅうの昔話をパクってつなぎあわせただけじゃんか」

ヒロが思わず突っ込んだ。

『だって、物語ってそういうものだよ』

サムは平然としている。

「そんなわけないだろ」

「いや、必ずしも間違ってないかも」

肩をすくめるヒロに、ケンタが言った。

「物語って、いろんなエピソードの集合体だからね。今の話はベタすぎたけど、昔話を題材にしたマンガや映画なんていっぱいあるよ」

『もう少しいろんなデータをインプットすれば、もっと複雑なお話でも、あっという間につくれるようになるよ』

「まじか……。サムってすげえな」

ヒロはそう言いながら、サムをいろんな角度からしげしげと見まわした。

すると、サムは満面の笑みの画像を一瞬表示させてから、いきなり静かになった。

「あれ、どうなった？」

ヒロが顔を近づけたが、サムはうんともすんとも言わない。

「電池が切れちゃったんだ……」

二郎はサムを抱えて窓際まで持っていくと、日の当たる場所に置いた。

「もしかして、サムって太陽電池で動いてるのか？」

ヒロが目を丸くさせた。

「うん……。でも一度とまると、充電にしばらくかかるんだ」

ため息まじりに、二郎はうなずいた。

「どこかのメーカーがつくった新製品かな？」

マサルが、だれとはなしに聞いた。

「商品のロゴらしいものもないし、企業名も製品番号も、どこにも見当たらないよ。サムがどこかのメーカーにつくられたものだとしても、発表前の試作品か、オーダーメイドの特注品なのかもしれないね」

ケンタが二郎にことわってからサムを手にとると、ひととおり調べてから言った。

「いったい値段はどれくらいしたんだ？」

マサルが二郎に尋ねた。

「サムは、買ってもらったんじゃないよ」

「えっ、そうなのか？」

マサルは、二郎の家がお金持ちだから、高価なおもちゃを買ってもらったとばかり思っていたようだ。

「実は昨日の帰りに、カッパ池の近くで拾ったんだ。この前の大雨で流れてきたんだと思う」

ここ葵町は運河に囲まれた、海抜ゼロメートル地帯である。雨が多めに降っただけで町じゅうが水浸しになってしまい、水が引いた後にはさまざまなものが流れ着く。

「どこでつくられたのか、サムには聞いてみた？」

ユリが二郎にたしかめた。

「もちろん。だけど、それはサム自身にもわかってないみたい……」

二郎が答えた。

「サムはこんなに頭がいいのに、自分がどこでつくられたのかもわからないなんて、ちょっとおかしくないかな？」

ユリがあやしんだ。

「きっと欠陥品だったから、捨てられたんだ」

「どうしてそんなこと言うんだよ」

サキの否定的な発言に、二郎が珍しく語気を荒らげた。

「プライバシーや出所をわからなくするために、わざと記録を消すのって、パソコンを捨てる時にもすることでしょ」

サキの言い分には説得力がある。

「サムの頭に胴体をくっつければ、きっと思い出すと思う……」

二郎は自信がなくなって、だんだん小さな声になった。

「サムには胴体があるのか？」

新しい情報に興味をもったマサルが聞いた。

「うん。ぼくたちみたいに二足歩行ができる、かっこいい体があるってサムは言ってた」

二郎は勢い良くうなずいた。

「見てみたいな。それはどこにあるんだ？」

「ぼくは知らないよ」

二郎は頭を振った。

「知らないって……」

マサルは拍子抜けした。

「だから、使えない頭だけカッパ池に捨てられたってことでしょ」

さっき言い負かされたことが悔しかったのか、サキは容赦ない。

「まあまあ結論を焦らない。とりあえず授業が終わったら、みんなで忘れもの屋に行ってみようぜ。何か届いてるかもよ」

ヒロは、ぎすぎすした空気を和ませるように間延びした声で言った。

3

ヤスオはテレビの電源を切ると同時に、持っていたリモコンをベッドの上に放りだした。枕元においてあった、残ったオレンジジュースを口にしてから、ふとんの上でなまりまくった体を大きく伸ばした。

お昼のワイドショーを最初から最後まで見るなんて久しぶりである。

二階の狭い部屋に隔離されているものの、つらいインフルエンザの症状が治まった今は、昼間からごろごろできる上、母親に食事まで運んでもらえるんだから、むしろ極楽である。

友だちは学校で朝から勉強をさせられているかと思うと、おかしな優越感に浸ってしまう。

ガタガタ、ガタガタ。

再びヤスオがジュースを口にふくんだとき、背後の窓が音をたてたので、何の気なしにそちらに首をめぐらせた。

ブーッ。

思わずジュースをふきだしてしまった。

「元気そうじゃん」

窓の外に、マリがクモみたいに張り付いていたからだ。

「ここ、二階だぞ！」

ヤスオは思わず叫んだが、マリはそれがなんだって顔をしている。

時計に目をやったが、まだ授業が終わっている時間ではない。

「学校はどうしたんだよ」

「同じく、インフルエンザなので出席停止中」

ヤスオの顔を指さしながら、マリが言った。

「だったら、家でおとなしくしとけよ」

「寝てばっかりじゃ、体がなまるよ」

マリは口をとがらせた。

「あのなあ、治りかけが一番だれかにうつすって言うぜ」

「うるさいな。わたしだって気を使って、だれにも会わないようにしてるよ」

「見つかったら怒られるからだろ」

ヤスオはマリの性格を見抜いている。

「退屈してるヤスオに付き合ってあげられるのは、同じ境遇のわたししかいないんだぞ。わざわざ来てくれた女の子に対して、その言い方はどうなの？」

マリは、自分が暇つぶしに来たとは絶対に言わない。

「おれは一人の時間を満喫しているんで、ご心配なく……」

丁重にお断りしようとすると、いきなりマリの表情が変わった。

「つべこべ言ってないで、早く中に入れなさいよ」

このままだと何をしでかすかわからないので、仕方なく窓を開けると、マリは器用に靴を脱いでヤスオの部屋に上がり込んだ。

「わたし、ちょっとおもしろいうわさを聞いちゃったんだよね」

「ああ、そうなんだ……」

興奮気味のマリに、ヤスオは素っ気なく答えた。

「どんなうわさか知りたい?」

「そうでもないかな」

嫌な予感しかしない。

「知りたいよね!」

マリはヤスオに顔をよせた。

「ああ、うん。まあ、知りたいかなあ……」

結局、最後は押し切られてしまった。

「うちの店から見える向こう岸に、古い町工場があるのは知ってるよね」

「ああ、もちろん」

ヤスオはうなずいた。

数か月前に倒産したかなにかで、その町工場の社長一家が夜逃げしたことは、このあたりの住人の間では、ちょっとした関心事になっていた。

「あの工場って、大手メーカーの自動車部品を作ってるって言われてたよね。でも実際は、もっと危ないものに手を出してたみたいなんだ」

マリはそこまで言うと、思わせぶりにひと呼吸置いた。

「なんだよ、その危ないものって?」

「詳しくはわかんないけど、危ないものっていったら拳銃とか、爆弾とかじゃないかって、わたしはにらんでる……」

「それ、いったいどこからの情報だよ？」

にわかには信じがたい。

「ここ数日、わたしはずっと家にいたから、お店に来るお客さんの話に聞き耳を立てていたんだ。その中に一つ興味深い話があったの。あそこの社長って、実は夜逃げしたんじゃなく、テロリストみたいな悪いやつらに捕まったんじゃないかって……」

マリは百年続くそば屋、「長寿庵」の娘である。

お店は繁盛していて、いろんなお客さんが出入りしている。店内ではあることないこと、さまざまなうわさが日々飛び交うので、マリの母親はこの町一番の情報通になってしまったほどだ。

「お母さんから聞いたんだけど、最近、うちの店に週に一回くらいのペースでやってくる怪しげな外国人がいるんだって。そいつはたっぷりひげをはやして、店の中でもサングラスを外さないし、顔を見られないようにコソコソしているみたい」

「たしかにそれは怪しいな」

ヤスオはうなずいた。

「で、ここからが本題なんだけど、ちょっとおもしろそうだから、わたしとヤスオで真相をたしかめに、その町工場をのぞきに行かない？」

マリは、目をキラキラさせた。

「ひょっとして、今から？」

「もちろん」

マリは即答した。

「どうだろうなあ。マリだって、いま無理をして病気をこじらせたくないだろ？」

ヤスオは乗り気ではないようだ。

「別にいいよ。もともと一人でも行くつもりだったし」

気の早いマリは、ヤスオに背中を向けるとすぐに立ち上がった。

「待てよ。行かないとは言ってないだろ」

マリは、ヤスオが観念して着替え始めたのを確認すると、病み上がりとは思えぬ勢いで、入ってきた窓からとなりの家の屋根に飛び移った。

ヤスオはため息を一ついてから、物干しざおに干してあった運動靴を履くと、マリにならって二階の窓から外へ出た。

マリといっしょにいるとこんなことばかりなので、もう慣れっこになった。

「こっちよ」

マリは忍者のように、音もなく屋根の上を走りだした。道幅が細く、木造住宅が密集して軒を連ねている葵町は、屋根での移動が容易である。

「平日の昼間の町って、なんだかちょっと雰囲気が違ってて……。目新しいっていうか、知ってるようで知らなかったよね」

昼休みの慌ただしい時間が過ぎた町は、人影がほとんどなく、静かである。

「まあ、いつもなら、おれたちも学校だからな」

たしかに土曜日や日曜日とは少し景色が違うかもしれない。

ときどき、路地を歩いている人がいるが、屋根の上にいると、案外気づかれないものだ。

「ここ、ここ」

マリは、ところどころにさびが浮いたトタンぶきの前で足を止めると、近くの植木に手をかけて、するすると地面へ降りた。

古びた看板に「小高金属加工」と書かれている。

二人は小窓からそっとのぞいてみた。

工場の中は意外と広く、何に使うのかわからない機械が何台も並んでいた。しかし、一台も動いておらず、人の気配はまったく感じられない。

やはりだれもいないようだ。

「静かなもんだ。納得したろ？　さあ、帰ろうぜ」

「何言ってんの？　入るんでしょう、中に」

「やっぱり？」

マリがそう言うのが、ヤスオにもわかっていたようだ。

ドアや窓には当然、鍵がかかっている。二人は工場をぐるりと見回し、入れそうな場所を探すことにした。

正面にある、開いたらトラックでも入れそうな大きな扉と地面との間に、少しだけすき間があった。

「いけるかも」

マリは、服が汚れるのも気にせずに地面にはいつくばると、そのすき間に頭を突っ込んだ。

そして、あれよという間に扉の向こうに体をすべりこませた。

こんな芸当は、頭の小さい子どもでなければ無理である。

しばらくすると、裏口の鍵が内側からカチャリと開いた。服のほこりをはたきながら、しかめっ面のマリが顔を出した。

「普通、こういうことって男子がするんじゃないの？」

「おれがする暇なかっただろ！」

ヤスオがすかさず突っ込んだので、マリはふきだした。

工場の中には、独特な機械油のにおいが漂っている。

「何もないな」

ヤスオはつぶやいた。

マリがぐった大きな正面扉の内側に広いスペースがあった。

この町工場が稼働していたころは、ここに完成した製品が所せましと置いてあったのだろうが、今は何も見当たらない。

「探しものなんて、そう簡単に見つからないものだよ」

離れたところからマリの声がした。

「はい、はい」

ヤスオは少しふてくされながら、薄暗い工場の奥へと足を向けた。

しばらくヤスオが物色していると、突き当たりの壁に怪しげなすき間を見つけた。

なんだか開きそうだ。隠し扉なのかもしれない。

そこを押してみると、ガタガタと音をたてた。

しかし、どこにも取っ手らしいものは見当たらず、どうやって開けたらいいのか、ヤスオにはわからなかった。

「何かないかな……」

ヤスオは、この扉をこじ開けられそうなものがないか、部屋の中を見回した。すると、二つのボタンが付いたスイッチが、天井からぶら下がっているのに気がついた。

「これか」

大きな赤いボタンと緑のボタンがある。ヤスオは、とりあえず赤いボタンをカチッと押し込んでみた。

ウィィン。

どこかから何かの起動音がしたので、ヤスオの期待も高まった。

「……あれ？」

ところが、いつまでたっても扉は開く気配がない。

「なんだ、これ。隠し扉のボタンじゃないのかよ」

ヤスオはつまらなそうに、そのスイッチを放り投げた。

それから、部屋を見回して目についた机の下に頭を突っ込み、置いてあった工具箱をまさぐっていると、背後に何かの気配がした。

次の瞬間、ヤスオは肩をトントンとたたかれた。

「あのさあ……」

ヤスオがマリだと思って振り返ると、そこにピンク色の壁がそそり立っていた。

恐る恐る上に目をやると、壁に頭がついているのがわかった。大きな赤い瞳に、長い耳が二本突き出ている。

ヤスオの後ろにピッタリと張り付くように立っていたのは、ピンク色の大きなウサギの着ぐるみだった。

「わっ、なんだ！」

ヤスオは驚いて、床に尻もちをついた。

一瞬、マリのいたずらか、と思った。しかし、マリが着ているにしてはどう見てもサイズが違いすぎる。

「やばいぞ、人がいる！」

マリに知らせようと、ヤスオは大声で叫んだ。だが、あまりの出来事に気が動転してしまい、足がすべってうまく立ち上がれない。

床でジタバタしているヤスオの腕をピンクのウサギがつかんだ。そして、ヤスオを軽々と片手でつり上げた。

「いたたたっ」

ヤスオは痛みで、腕がもげるんじゃないかと思った。

それほどのすごい馬鹿力だ。

「こいつ！」

いつの間にかウサギの背後に回りこんだマリが、ヤスオを助けようと、ウサギに体当たりした。

ところがピンクのウサギは微動だにせず、逆に床へ転がったのはマリの方だった。だが、そのおかげでヤスオの腕は解放された。

「とっと逃げるよ！」

マリはそう言うと、最初のときみたいに、正面の大扉をすばやくすり抜けた。

「ちょっと待てって」

ヤスオもそのすき間に頭から突っ込んだが、途中で何かが引っかかって、マリみたいにスムーズにはいかない。

「まったく、手が焼けるなあ」

マリが襟首を引っ張ってくれたので、ヤスオはやっと抜け出すことができた。

ドーン！

扉の向こう側で何かが激しくぶつかっている。

ドーン、ドーン！

「見るからに丈夫そうな扉だ。さすがに出てこられないだろ」

と、ヤスオが言った矢先、
ドッカーン！

ちょうつがいが外れ、あっけなく大扉は開いてしまった。

「まずい、くるぞ」

ヤスオの背中に嫌な汗がどっとふき出した。

「あいつの足が遅いことを願うしかないよ」

二人は全速力で路地をかけ出した。

4

授業が終わるとクラスの子どもたちはこぞって、葵小学校の目の前にある忘れもの屋に直行した。

忘れもの屋とは、文房具屋兼、引き取り手がない忘れものを売っているお店である。大川の氾濫でこの町に流れ着いたものがよく持ち込まれたりする。

「人間の胴体みたいなの、入荷してない？」

忘れもの屋の店内に入ると、ヒロは単刀直入に聞いた。

「うん？　ああ、あるよ」

所せましと並んだ商品の奥でうたた寝していた店主のミーおばさんが、あくびをしながら体を起こした。

「おい、あるってよ」

ヒロはうれしそうに二郎の顔をのぞき込んだ。

「たしかこっちに……」

ミーおばさんは、ゆっくり立ち上がると、一度、奥の部屋に引っ込んだ。

「何か手伝おうか？」

ガタガタと音がする奥の部屋に向かって、マサルが声をかけた。

「ああ、いいよ。もう見つかった」

そう言って、ミーおばさんが引きずり出してきたのは、ただの首なしマネキンだった。

「これじゃないのかい？」

子どもたちの浮かない顔を見て、ミーおばさんはすぐに察したようだ。

「ごめん。おれたちが探しているのは人形じゃなくて、ちゃんと動くロボットの体なんだ」

ヒロは具体的に説明した。

「ロボットだったら、ほら、その辺にいっぱいあるだろ」

ミーおばさんは、しっぽを振りながら動きまわる犬や、ヒーロー番組にでてくる合体ロボが並んだ、おもちゃの棚を指差した。

「いやあ、そういうのでもなくてさ。実物大の大きいやつだよ」

ヒロはそう言うと、二郎を肘で小突いた。

二郎がサムの頭を見せたが、

「それがロボットの頭？　あたしには、何かのボールにしか見えないけど……」

どうしてもイメージできないミーおばさんは、首をひねるだけだ。

「今は電池切れしてるからわかりづらいかもしれないね……。そうだ。そこのライトを使わせてよ」

ヒロは奥の机に立っているスタンドライトに目をやった。

「かまわないけど、何に使うんだい？」

ミーおばさんは、不思議そうな顔をして聞いた。

「ロボットの太陽電池が早くたまるように、光をたくさん当てたいんだ」

「そのボール、太陽電池で動くの？」

「うん。ボールじゃないけど」

「それなら、このほうが良くないかい？」

ミーおばさんが足元から、工事現場で使うような、大型の照明灯を引っ張りだし、店のコンセントにつないだ。すると、店内は表みたいに明るくなった。

「これも使おう」

どこからか二枚の鏡を探してきたユリが、あわせ鏡にして光を増幅してみせた。

「いいね～」

みんな、そのまぶしさに目を細めた。

ピョロリン。

『こんにちは。サムです』

しばらくすると、気の抜けた起動音とともにサムが目をさました。

「おはよう、サム」

『ごめん。話の途中で眠っちゃったみたいだ』

サムは電池がなくなるまでのことを、ちゃんと覚えているようだ。

「この方が感じ出るぜ」

マサルが、サムの頭をひょいと持ち上げてマネキンの上にのせると、一応それらしい形にはなった。

『言いにくいんだけど、これはサムの体じゃないよ』

「わかってるって。仮の体だよ、仮の」

マサルは苦笑いするしかない。

『それにしても、この散らかった場所はどこなの？』

「こら、こら。散らかったなんて、口がすぎるぞ」

「ヒロちゃん、本当のことだからかまわないわよ」

ミーおばさんはまったく気にしていないようだ。

『これは大変失礼いたしました』

サムは声色を変えて、丁寧に謝った。

「これがロボットくん？」

動きだしたサムに、ミーおばさんは興味津々だ。

『ロボットくんじゃなくて、サムって呼んでよ』

「わかったわ、サムちゃん」

『だからサムって呼んで』

「だから、サムちゃん」

『サムとだけ、お呼びください』

「はい、サムちゃん」

「もういいって！」

我慢できなくなったヒロが、むりやり間に入った。

放っておいたらいつまでもやってそうだ。

「その体も、けっこう似合ってるじゃないか？」

ヒロは話題を変えた。

『ええっ、そうかな～』

サムはあからさまに嫌な顔をした。

「まあ、自分で動けなくちゃ、ロボットとは言えないよね」

ケンタが言った。

「このラジコンに乗せたら？」

ユリは、おもちゃの棚の中にあったラジコンの救急車を手に取った。

『ずっと地面をはいつくばってるのはイヤだなあ』

サムは意外と文句が多い。

「じゃあ、いま流行りのドローンに乗せるってのはどう？」

「それ、いいじゃゃん。地上から一気に空へ！」

ケンタのアイディアに、ヒロが興奮して言った。

『盛り上がってる最中に悪いんだけど、ちょっと、それを近くで見せてくれないかな？』

「なあに？」

ユリが振り向いた。

サムは店内で、あるものを見つけたらしい。

『ヤカンのとなりに置いてあるやつだよ』

サムは顔の一部をスポットライトのように光らせて、それを照らし出した。

「これかな？」

それは太くて短いジャバラになった筒状のもので、ユリが手に取ると、思った以上に重さがあった。

『そうだよ！』

サムは頭をピカピカ光らせた。

「なんなの、これ？」

『それはサムの首に違いないよ！』

そう言われてみると、自由に動きそうだし、首っぽい気もする。

ユリが、それをサムの頭にあてがってみると、タコの吸盤みたいにぴったり吸い付いて離れなくなった。

「本当にあったんだ」

ユリは正直、サムには体がないんじゃないかと思っていたので驚いた。

とはいえ、この様子だと体は相当バラバラになっていそうだ。

「他のパーツもないか、捜してみない？」

ユリの提案を受けて、子どもたちは店内を物色し始めた。

代わる代わる、それらしいものをサムに見せて確認してみたが、結局それ以外、サムのパーツは見つからなかった。

「ここにないとすると、見つけ出すのは、かなり難しいかもね」

二郎は深くため息をついた。

「ここになけりゃ、町じゅうを捜せばいいだけの話だろ。みんなやるよな？」

ヒロがあおると、

「オー！」

みんなは、腕を振り上げた。

『サムが体を取り戻せば、内蔵されている大型バッテリーで電池切れすることなく二十四時間ずっと動けるよ。代わりに宿題をやっておいたり、家の手伝いや、ペットのお世話など、何でもサムにお任せ。みんなは面倒くさいことから解放され、毎日、安心して遊んで暮らせるよ』

「うひょ～、まじか！」

男子たちは、俄然やる気がでてきたようだ。

『女の子たちには音楽をプレゼントするよ。流行ってる曲を解析すれば、みんなが好みそうな曲なんてあっという間にいくつでも作曲できるよ。みんなで演奏してネットに投稿したりしてさ。評判になったらきっと楽しいよ』

「なんだかおもしろそう」

女子たちも興味を覚えたようだ。

「じゃあ、町で何か見つけたら、そのたびにサムに見てもらおうぜ」

忘れもの屋に来ていたクラスの子どもたちは、サムにすっかり乗せられてしまった。

5

　そのころ、マリとヤスオはウサギの着ぐるみに追いかけられ、葵町の細い路地をジグザグに走っていた。

　塀を乗り越え、家と家との間の五十センチもない細いすき間を抜け、木々が生い茂る秋葉神社の屋根までなんとかよじ登ると、倒れ込むように身を伏せた。

　もうどこにもウサギの姿は見当たらない。どうやらあいつを振り切ることができたようだ。

　さすがに、勝手知ったるわが町である。

「ここまでは、上がって来ないよな？」

　ヤスオが、肩で息をしながらマリにたずねた。

「たぶん、だいじょうぶでしょ」

　マリはそう言うと、いくぶん警戒心をゆるめた。

　家を出てから何時間たったのだろう。そろそろ下校時刻になるころか。

　一息ついたヤスオは、やけに下半身がスースーするのに気がついた。

「あわわっ、おれ、ズボンはいてないんだけど！」

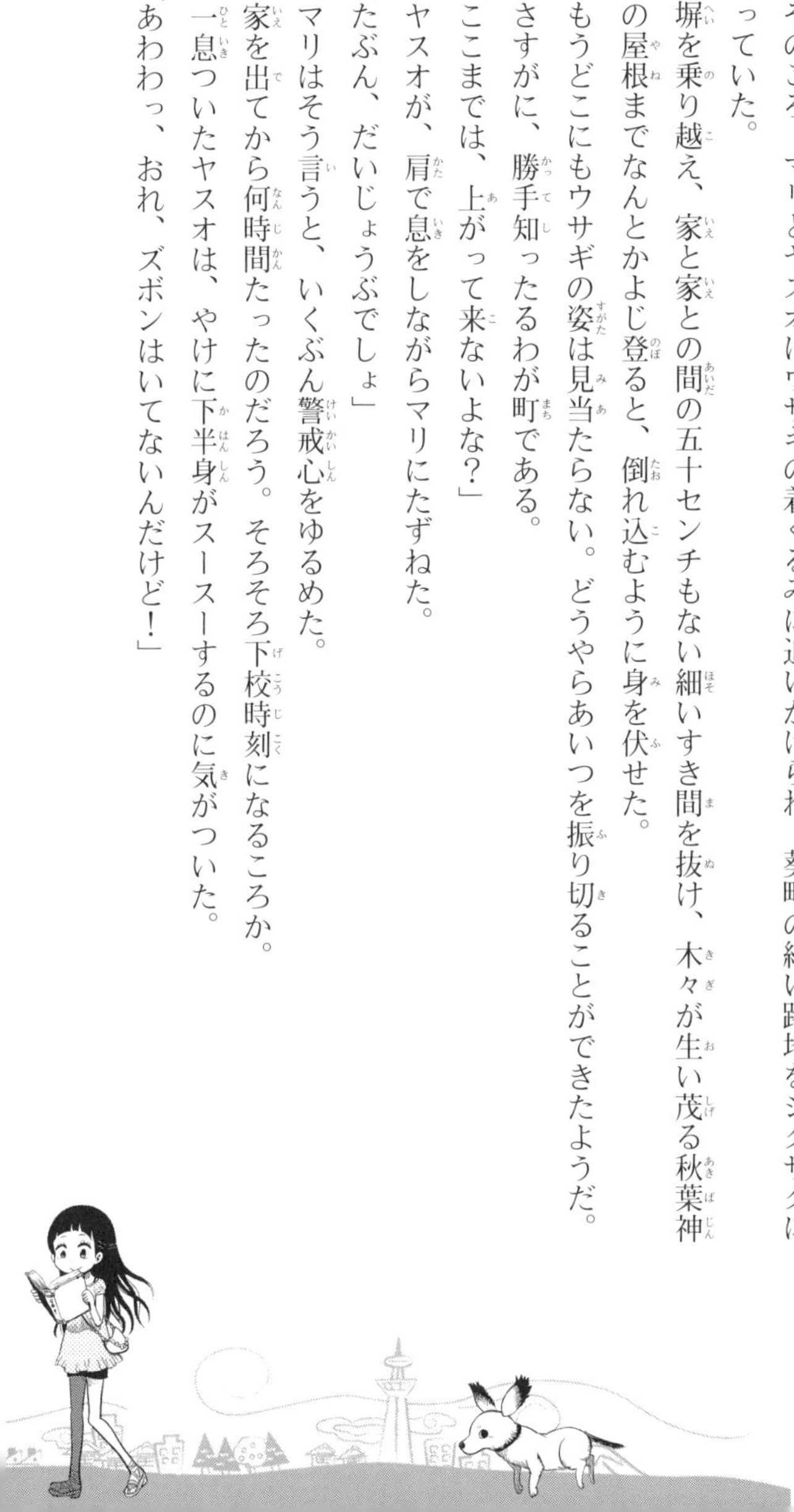

「ヤスオのズボンなら、工場から逃げ出すときに引っかかって脱げたじゃん」

何をいまさらという感じで、マリは肩をすくめた。

「知ってたなら教えてくれよ」

ヤスオは、もじもじしながらTシャツを引っ張って隠そうとしたが、パンツまでは届かない。

「教えたところで、取りに戻る余裕なんてなかったよね」

「まあ、そうなんだけど……」

この格好で町中を走ってきたことよりも、今までパンツ一丁だったことに気づかないほど、ビビっていた自分が恥ずかしい。

「それにしても、あいつって何者なんだ?」

照れ隠しに、ヤスオは話題を変えた。

「普通に考えたら、あの工場の社長か従業員だと思うけど」

「工場の関係者なら、扉を無理矢理こじ開けたりしないだろ」

社長か従業員なら、工場の鍵を持っているはずだ。

「たしかにね」

マリがうなずいた。

「出かける前に言ってただろ、あの工場はテロリストの怪しげなものを作ってたって。そのうわさ、きっとマジなんじゃないか?」

ヤスオはマリの目を真っ直ぐに見た。

「まだ言ってなかったけど、実はおれ、あの工場で隠し扉みたいなのを見つけたんだ」

「中に入ったの？」

マリが身を乗り出した。

「いや、開けようとしていたら、いきなりあいつが出てきたんだ。だから、まだ中は見てない」

「そうか……。そこに秘密がありそうね……」

マリがつぶやいた。

「中に怪しいものがあったのかもな」

「それだけじゃない。そこがテロリストの隠れ家の入り口だったらどうする？」

マリがいつになく真剣な顔をして言うので、ヤスオの背筋はぞっとした。

もし、本当にあの工場がテロリストの隠れ家だとしたら、逃げている場合じゃない。何かすぐに手を打たないと、どこかで大変なことが起きる可能性がある。

そこまで考えて、さすがのマリも顔面蒼白になった。

「すぐ警察に連絡したほうが……」

「そんな場合じゃないよ！」

突然、マリが叫んだ。

「場合じゃないって……。他にどうすりゃいいんだよ?」

ショックがすぎて、マリはどうかしてしまったのだろうか。

「ちがう! 後ろを見て!」

「はあ? 後ろがどうしっ……」

振り向いたと同時に、丸太のようなピンク色の腕がヤスオの体をかすめた。なんとか身を翻してかわしたヤスオは、雨どいにしがみつき、屋根から転げ落ちずにすんだ。

顔を上げると、ピンクのウサギが屋根の上で仁王立ちしている。

「こいつ、こんなとこまで追いかけてきやがった……」

「わたしについてきて!」

ヤスオにケガがないのを確認すると、マリは秋葉神社の急角度の屋根をすべり降り、ひょいっととなりの境内の屋根に飛び移った。

ヤスオが後を追うと、

「来るなら来てみろ〜」

と、マリがウサギを挑発しながら屋根の上を走りだした。

ウサギはこちらに猛然と向かってくる。

「うわ。やばいぞ、追いつかれる」

ヤスオは情けない声を出した。

「いいの、これで」

マリが神社から民家の屋根へジャンプしたので、ヤスオも必死についていった。

古びた木造家屋の屋根を上がったり下がったり繰り返すので、慣れているはずのヤスオでも、自分がどこにいるのかわからなくなった。

マリはときどき後ろを振り返って、ウサギとの距離を調節している。

「目的地に到着」

マリはそう言うと、パタッと走るのをやめた。

「おい、ここって」

二人の目の前に建っている幽霊アパートは、その名のとおりオドロオドロしい建物である。管理人はいるものの、普段、掃除もしていないのでゴミは散らかり放題、野良猫のすみかになっている。

マリは、民家の屋根から幽霊アパートの屋上へと続くはしごに飛びつき、上へはい上がった。

ヤスオも、マリがここへ来た意図をなんとなく理解した。

二人は屋上に広げられたブルーシートを避けるようにして反対方向に行くと、慎重に場所取りをした。

ほどなくして、はしごを登ってきたウサギが屋上に顔を出した。

「ほら来てみろ、ウサ公。いつでも相手になってやるぞ！」

ヤスオは、パンツ一枚だけの尻をたたいてウサギを挑発したが、内心は緊張でのどがカラカラだった。

ウサギが真っ直ぐこちらに向かってくる。

「しめた！」

ブルーシートに片足がかかると、いきなり床がめり込み、ウサギは前につんのめった。

バキバキッ。

ウサギの体がシートに包まれながら屋上の床に沈み込んでいく。

バキバキバキバキッ、ガラガラ、ドッスン！

そのままウサギは、屋上に空いた大きな穴から落下していった。

「ざまあみろ！」

以前、通風口だったのか、天窓だったのかは知らないが、ブルーシートで覆われた大きな穴が幽霊アパートの屋上にあることをマリたちは知っていたのだ。

落とし穴にウサギを落とすことに成功した二人は、バシッとハイタッチを交わした。

上から下をのぞくと、ウサギはシートに包まれたまま、ぴくりとも動かない。

「危ないからすぐに降りてきなさい！」

騒ぎを聞きつけてきたのか、下から中尾の声が聞こえた。

中尾は葵町交番の警察官だ。

マリたちが幽霊アパートの屋上から降りてくると、すぐに中尾による尋問が始まった。

「授業は終わったのか？」

「あっ、はい……」

マリは説明するのが面倒なので、適当にごまかした。

「いったい二人で何をして……。おいきみ、ズボンはどうした？」

「あのですねぇ……」

ヤスオは何と説明したらいいかわからず、困ってしまった。

「そんなことより大変なんです。わたしたち怪しげなやつに追いかけまわされて……」

「怪しげなやつ？」

中尾がいつものぼんやりモードから、はっきりした表情に切り替わった。

「ウサギの形をしたピンク色の着ぐるみを被った、変なやつです」

ざっとマリが説明した。

「ドラゴン座の連中がお芝居の稽古でもしていたんじゃないのか？」

ドラゴン座は、全員で町の一軒家に住んでいる貧乏劇団である。めったなことでは練習場も借りられないので、いつもどんぐり広場で稽古している。

ときどきおかしな格好で町をうろついてはいるが、無言で子どもを追いかけまわすようなことは絶対にしない。

「一言もしゃべらないし、違いますよ。ドラゴン座の人たちなら、わたしたち、よく知ってますもん。絶対に見間違えません」

二人はそろって、首を横にふった。

「うむ、そうか……。だったら、その人、どっちに行ったかわからないかな？」

「そこです」

二人はそろって幽霊アパートを指差した。

「ここに逃げこんだってことか？」

意外な答えに中尾は目をむいた。

「いえ。屋上の穴から下に落ちたんですよ。どこかでのびてるはずですから、中尾さんが逮捕しちゃってくださいよ」

「なるほど。それできみたちは屋上にいたというわけか……」

納得した中尾は、幽霊アパートの入り口へ向かった。

「気をつけてください。あいつ、すごい馬鹿力ですから」

中尾が中に入る直前、マリが声をかけた。

「わかった。注意するよ」

開けっ放しの正面玄関から、中尾はゆっくり入っていった。

しばらくして、中尾は窓から顔を出すと、

「それらしい人は見当たらないな」

と言って、ハンカチで額の汗をふいた。

「そんなバカな……。さっきまでそこでのびていたのに」

ヤスオは首をひねった。

中尾の顔は、明らかに二人を疑っている。

「そうだ。ブルーシートです。あいつはブルーシートに包まれてます」

マリが思い出して言った。

「……まさか、いつものいたずらじゃないだろうな？」

日ごろいたずらばかりしていると、肝心なところで信じてもらえない。

「ん？　あれか」

何かに気付いたのか、中尾は一旦アパートの奥に入っていった。

しばしの沈黙。

「だいじょうぶですか？」

マリがしびれを切らして声をかけたとき、
ガッシャーン！

返事の代わりに返ってきたのは、中尾自身だった。

中尾は路地に放り出され、そのまま気を失ってしまった。

「マジか……」

再び薄暗い幽霊アパートの奥から、例のピンクのウサギが姿を現した。

「どうする？」

ヤスオが不安そうにマリの顔を見た。

「中尾さんまでやられちゃったんじゃ、逃げるしかなさそうね」

二人は再びかけ出した。

6

「サムを拾ったのはこのあたりだよ」

二郎は、カッパ池から少しそれたあたりで立ち止まると、静かに言った。

しばらくの間、みんなでその周辺にサムの体らしきものがないか捜してみたが、結局、何も見つからなかった。

「やっぱり、何もないか」

ヒロは疲れて、倒木に座り込んだ。

「あとは池の中か……。で、だれが潜る？」

マサルはヒロのとなりに腰かけると、無茶なことを言い出した。

「サムは精密機械なんだろ？」

「だったら、なんだって言うんだ？」

「池の中じゃ、よっぽどの防水処理をしてないかぎり配線がショートしちゃってるだろうから、引き上げても使いものにならないと思うぜ」

ヒロは池に入りたくないので、やんわりとくぎを刺した。

「携帯電話だって、水没したら壊れちゃうもんね」

ユリもその意見に賛成だった。

「でも、ここに落ちていたっていうサムの頭は普通に動いてるぜ。それって、よっぽどの防水処理がされてるってことだろ」

マサルは一歩も引かない。

「もし壊れていたら、ぼくらがそのパーツを代わりにつくってあげてもおもしろそうだね」

二郎の提案に、

「なるほど、それもありかもな」

マサルものってきた。

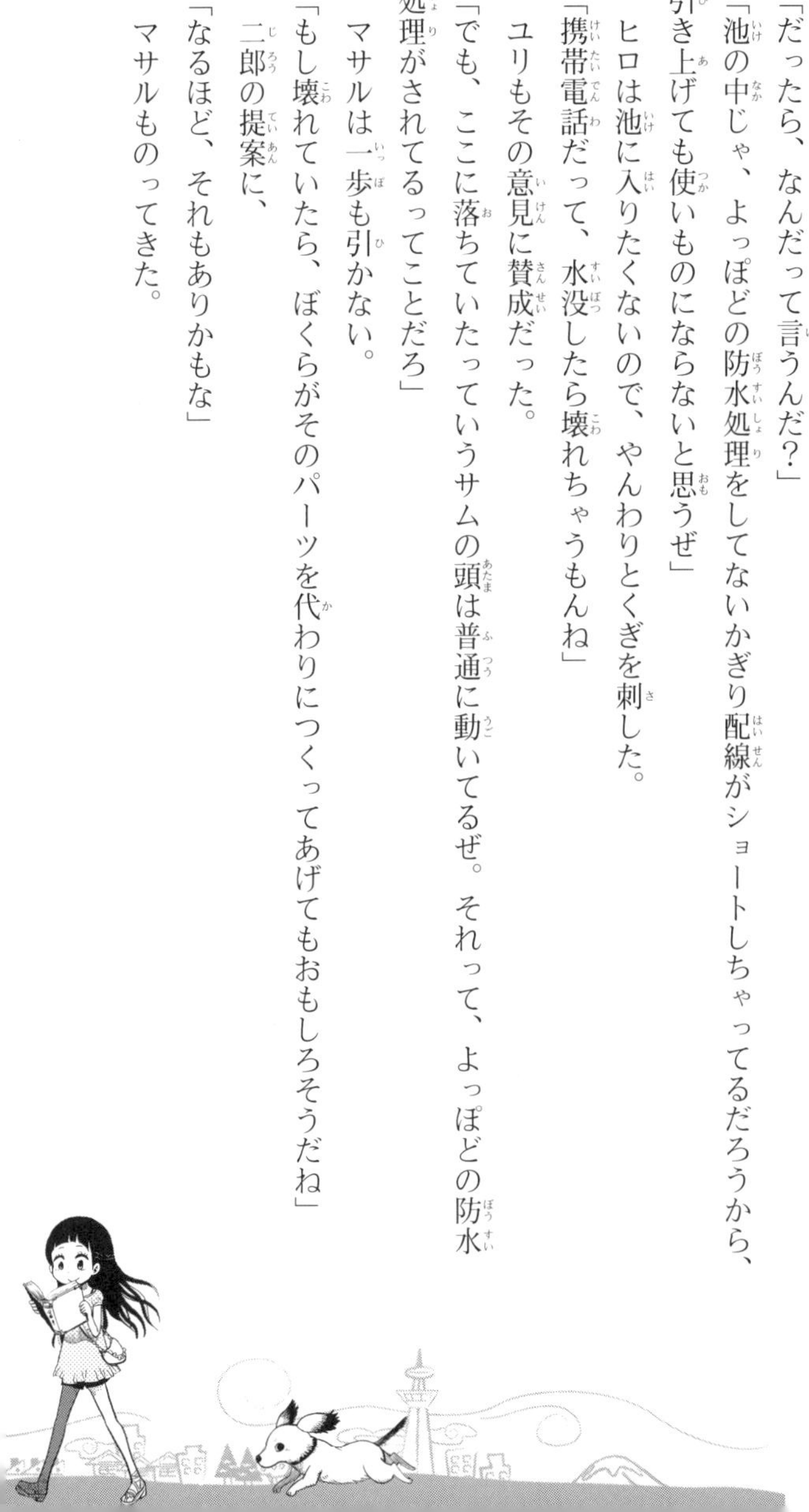

「カッパ池の探索は、ぼくに任せてよ」

二郎が手を挙げた。

カッパ池の大半は大川端マンションの敷地内にある。二郎はそのマンションの住人である。

「おお、やってくれるか」

「おもちゃをうっかり池に落としちゃったから捜したいって言えば、管理人さんがボートを貸してくれるんじゃないかと思う」

「いいね」

マサルが二郎の背中をバシバシたたいて喜んでいると、

「おい、あれなんだ？」

ヒロが不意に立ち上がって、カッパ池の対岸を指差した。

「どこ？」

ユリが首をめぐらせた。

「ほら、あの青い屋根のところ」

「あっ、本当だ。だれかいる」

思わずユリも立ち上がった。

たしかに、屋根の上をあっちこっち走り回る人影が見える。

「おい。あれって、マリとヤスオじゃないか？」

目のいいマサルが言った。

「ええっ、うそ」

マリなら家でおとなしくしているはず……。

なのに、先頭を走っているのはどう見てもマリだ。

「……マリのやつ〜」

ユリは舌打ちした。

「ヤスオの後ろにいる、でかいのはなんだ？」

マサルの言うとおり、マリたちは、最後尾にド派手なピンク色の物体を従えていた。

「ウサギだよね……」

ユリにはそれがウサギの着ぐるみに見えた。

「あいつら、学校休んでなにやってんだ？」

ろくでもないことに違いないと、マサルもあきれている。

でも、なぜだか好奇心はうずく。

「おれたちも行ってみようぜ！」

ヒロはそう言うと、もう走り出していた。

あっという間に見通しの悪い入りくんだ路地に入ったヒロは、遠くまで見渡そうと、通りの角に生えている柿の木の上へ、まるで猿のように素早くよじ登った。

「マサル、幽霊アパートだ！」

幽霊アパートから土煙が上がっている。

「おう、わかった」

マサルが狭い軒下をくぐり抜け、なだらかに曲がる一本道を折れた瞬間、マリとヤスオが正面から走ってきた。

「おまえら、なにやってんだ！」

マサルは、あっという間に通りすぎていったマリたちに叫んだ。

「見てわかるだろ、そいつから逃げてんだ！」

ヤスオが息を切らせながら言った。

「そいつ？」

振り返った瞬間、マサルの脇をピンクのウサギが走り去った。

「おい。なんだ、今の？」

「そりゃあ、まあ、ウサギだろ……」

柿の木の上のヒロも混乱している。

「相手がなんであれ、二人を助けたほうが良さそうだな」

マサルはそうつぶやくと、マリたちの後を急いで追いかけた。

7

でしまった。

三十分以上も町中を逃げ回ったためか、大橋まで来たところで、ついにヤスオはへたり込ん

「もう限界だ……」

「なによ、わたしはまだいけるよ」

そう言うマリも肩で息をしている。それでもヤスオをかばうように、ヤスオとウサギとの間に入って身構えた。

「いいから、マリだけでも逃げろよ」

ヤスオはマリの背中に訴えたが、マリはそれを無視した。

「男が女に守られるなんて格好つかないんだよ」

マリは、やはり何も答えない。

「そうだ、こういうことは大人に任せておけ」

突如、二人の目の前にもっと大きな背中が現れた。

「マサルのお父さん！」

マリが叫ぶと、マサルの父親はニヤリと笑ってウインクしてみせた。

八百屋の「八百正」を営んでいるマサルの父親は、葵町でも有名な力自慢である。

ヤスオはつくづく思った。

なんと心強いことか。男たるもの、こうありたい。

「子どもたちに手を出そうなんて、ふてえ野郎だ。絶対にゆるしておけねえ」

マサルの父親は指をポキポキ鳴らしながら、ウサギと対峙した。

「き、気をつけてください。鉄の扉をぶち破って、警察官の中尾さんを簡単に放り投げるようなめちゃくちゃなやつですから～」

ヤスオは念のために忠告した。

「おもしろそうじゃねえか」

それは逆に、マサルの父親の闘志に火をつけたようだ。

マサルの父親は低い体勢から、すばやくウサギにタックルした。たいがいの相手なら簡単にひっくり返っているところだが、ウサギは微動だにしない。

「ちったぁやるな」

そのまま、袖襟のつかみ合いからの力比べになったが、これはまったくの互角。

「すげえ。マサルの父ちゃんと、ここまでやりあうなんて……」

ヤスオは不安になって、ため息をもらした。

ばした。

「だったら、これはどうだ」

マサルの父親は、すっと体を入れ替えてウサギの背中を取ると、担ぎ上げてそのまま投げ飛ばした。

さすがのウサギも耳がひしゃげ、うつ伏せになってひっくり返ったままだ。

「決まったぜ！」

ヤスオが歓声を上げた。

「いったい、てめえ何者だ？」

顔を見てやろうと、マサルの父親が動かなくなったウサギの着ぐるみの頭を引き抜いた。しかし、そこにはあるべきものが何もなかった。

「どうなってるの？」

マリは背中のジッパーに手をのばし、着ぐるみを引っぺがした。すると、金属とプラスチックでできた作りものの体がむき出しになった。

「あんたって、ロボットだったの……」

そう言った瞬間、ロボットは目にも留まらぬ速さで動き出し、油断していたマサルの父親を持ち上げると、マリともども橋の下へ放り投げてしまった。

一人で橋の上に残されたヤスオに、首なしロボットが近づいてきた。

頭はからっぽで、実は体だけのロボットだったとは。これじゃあ、マサルの父親の強烈な技も効かないはずだ。

「なんだよ、やるならやれよ」

覚悟を決めたヤスオに向かって、首なしロボットは自分の腕を突き出した。そこには何かが握られている。

「えっ……、おれの？」

それは工場に忘れてきたヤスオのズボンだった。

「もしかして、これを届けにきてくれたのか？」

ヤスオがそう尋ねると、首なしロボットは体をブルブルと上下に震わせた。

「あっ、ありがとう……」

ヤスオが自分のズボンを受け取ろうと立ち上がった。その瞬間、

「これでもくらいな！」

八百正の軽トラックが、ヤスオの目の前にいた首なしロボットに突っ込んだ。

首なしロボットの体はバラバラになって、大橋の欄干から下の川へ落ちていく。もちろんヤスオのズボンもいっしょだ。

「だいじょうぶか？」

トラックから、マサルとマサルの母親が顔を出した。

「だいじょうぶなんだけどさあ……。うああ……マジか！」

この心境をどうやって説明したらいいのか、ヤスオは頭を抱えてしまった。

8

カッパ池に行っていた悪ガキたちが、現場に到着したのはそれから間もなくのことだった。

「ウサギの頭には、はじめから何も入ってなかったたってことか？」

ヒロがマサルの顔をまじまじと見て聞いた。

「たぶんな」

「だったら、どう考えても、これってサムの体だよな？」

ヒロは、足元に積み上げられた機械の部品に目をやった。我に返ったマサルが、川に流されずにすんだ、ありったけのロボットのパーツを拾い集めたものである。

「父ちゃんがやられたんで、思わずかぁ〜っとなった母ちゃんが軽トラでぶっとばしちまったんだ……。まったくサムに合わせる顔がないよ」

マサルはすまなそうに、大きな体を小さくした。

「気にすることないじゃない。これで正解だよ。こんな危険なものをのさばらせておいたら、おちおち町も歩けないよ」

マリがやってきて、マサルの背中をどんっとたたいた。川から上がって、着替えてきたらしい。

「危険なものって決めつけるのはどうかな。ヤスオのズボンを届けにきてくれたんなら、良いやつじゃん。そうなんだろ、ヤスオ？」

ヒロが問い詰めたが、

「まあ、そう見えたってだけで……」

ヤスオは自信なさげに答えるだけだ。

「たとえそうだったとしても、目的のためには手段を選ばないってことでしょ？　わたしなんて、最後には川に投げ捨てられたんだよ」

マリにはあのロボットが、とても良いやつなんて思えない。

「頭がなかったから、考えもせずにそんなむちゃくちゃなことしちゃったんだよ」

二郎が、すかさず弁護にまわった。

「ねえ、さっきから頭、頭って言うけど、みんなはあのロボットの頭を見たの？」

マリが聞いた。

「うん。名前はサムっていうんだけど、ぼくが昨日の帰りにカッパ池のそばで拾ったんだ。

今日の放課後にでも、みんなに見せてやろうとこっそり持っていったら、算数の授業で大活躍しちゃって……」

二郎はそこまで言うと、おもしろそうに笑い出して言葉が続かなくなった。

「河合先生の代打でやってきた、嫌味たっぷりの臨時教師を追い出したのさ」

ヒロが代わりに説明した。

「サムは、なんでそんなことしたの？」

「それは……、おれたちを助けてくれようとしたんだろ」

そう思い込んでいるヒロは、二郎に同意を求めた。すると二郎だけでなく、マサルとケンタも大きくうなずいた。

「ふーん、本当にそうなのかな。わたしはなんか怪しい感じがするな」

マリは、腕を組んでそっぽを向いた。

「マリの意見に賛成。あのサムって、なんかうさんくさいのよ」

いまひとつサムのことを信用できないサキが、すっとマリ側に付いた。

「みんなに一つ頼みがある。この修理が済むまで、胴体が見つかったことをサムには話さないでおいてくれないかな」

マサルが拾い集めてきた機械の山を指差して言った。

「修理って、このおかしなロボットをまた組み立てる気なの？」

マリはあからさまに嫌そうな顔をしている。

「ああ、そのつもりだ」

「部品の大部分は川に落ちて、もう流されちゃってるよ」

「それも捜す」

マサルは、機械の山から一つの部品を手に取って言った。

「壊れたものを見せても仕方ないし。どうせなら直してからサムを驚かせてやろうぜ」

あきれているマリを尻目に、ヒロが真っ先に修理に同意した。

二郎、ケンタ、ユリも賛成のようだ。

ヤスオは、このロボットを本当に直していいものか、まだ決めかねていたが、反対はしなかった。

「マリとサキはだいじょうぶなんだろうな？」

ヒロは、まだそっぽを向いている二人に念を押した。

「わたしはサムの頭なんて見たこともないんだよ。胴体があったし、なんてわざわざ言いに行くわけないでしょ」

マリは面倒くさそうに肩をすくめた。

第2章

公平な第三者

1

「人に言えないような恥ずかしい秘密まで話しちゃってる子がいるって聞いたけど、それって本当なの？」

昼休みにサキはサムのまわりに人がいなくなったのを確認すると、タイミングを見計らって話しかけた。サムは、教室の後ろの空いているロッカーの一つに収まっている。

『事実だよ』

サムは即答した。

自分のことを話せば話すほど、サムはその子のことを理解していった。

気に入りそうな本や音楽や映画を紹介してくれたり、気が合いそうな友だちを見つけてくれたり、落ち込んでいれば、その子が一番元気になる方法で励ましてくれたり……。

だから、みんなはサムと話したがった。

「信じられない。みんな、うかつにもほどがあるよ。プライバシーの保護とかだいじょうぶなの？」

サキはあきれて頭を振った。

『安心して。サムは個人情報を絶対に他人にもらさないから』

「でも、利用はしているんでしょ」

『それはそうだよ。そういう情報にこそ、その人の本質が隠れているんだよ。だから、本当に求めている情報が提供できるんじゃないか。サキちゃんも安心して自分のことを話してよ。意外な発見があるかもしれないよ』

サムは画面をキラキラと輝かせた。

「わたしは遠慮しておきます。好きなものくらい自分で探しますので。サムに友だちや恋人まで見つけてもらうなんてまっぴらごめんよ」

このクラスには、サムの紹介によって誕生したグループやカップルがすでに何組かいる。よほど気が合ったのか、目に余るほどのべたべたぶりにサキは寒気がしていた。

『他の女の子たちからは、わたしにも早く見つけてくれって言われてるんだけどな〜』

サムに蓄積された個人データが多くなればなるほど、お相手選びも正確になっていく。

そのせいで、サムに、自分のことを話さない人を責めたり、他人のことを勝手に教えたりする子も出てきていた。

「その人がうそをついている可能性もあるんじゃないの？」

『しゃべってる時の心拍数や発汗量、質問に答えるまでの間とか、うそを見抜く方法はいくつかあるんだ。その情報が正しいかどうかは、全部確率を出して判断するからだいじょうぶだよ』

さすがにサムは抜け目がない。

『ちなみにサキちゃんは、小学校の二年生までおねしょしていたって聞いたけど、本当？』

「何よ、それ。身に覚えがまったくないんだけど」

サキは眉をひそめた。

『やっぱりうそか……』

どうやらサムにそんなうそを吹き込んだ者がいるようだ。

「だれよ、そんなデマを流したのは？」

『プライバシーだから教えない』

「また一本取られたね」

いつからいたのだろうか、歯ぎしりしているサキの肩をユリがたたいた。

「もう嫌い！」

サキはそう言うと、教室を出ていってしまった。

『サキちゃんは、ちゃんと話してくれないからうそが修正できないんだよ。でも、なんで怒ったのかな』

「それは多分、女心ってやつだよ」

『女心？』

「女心は、人類が誕生して以来の難問らしいよ」

思わせぶりにユリが言った。

『ふーん。じゃあ、サムがその難問を解いてみせるよ』

「期待してるね」

ユリは白い歯を見せた。

『ところでこのクラスには、インフルエンザで欠席している子があと二人いるんだよね？　たしか「やすらぎ葬儀店」の息子のヤスオくんと、そば屋「長寿庵」の娘、マリちゃんでよかった？』

「そうそう。マリとわたしは双子の姉妹なんだ」

ユリがうなずいた。

『サムは長寿庵に興味があるんだ。そばの実をすりつぶして練ってのばしてゆでただけの食べものを出すお店なのに、なんで百年も続いてるんだろ？』

「それはうちのそばを美味しいって思ってくれる人が、ずっと途切れずにいてくれるからなんじゃないかな」

『サムは何も食べないから、美味しいって感覚が理解できないんだ』

サムが少し悲しげに見えた。

「サム、一つ相談にのってほしいことがあるんだ」

ケンタがやってきて、サムの入ったロッカーの前にかがみ込んだ。

『任せて。サムに遠慮はいらないよ』

今度はうれしそうに、画面をピカピカ光らせた。

「一つ下の四年生に川村真也って子がいるんだけど、彼がとんでもないうそつきで、みんな困ってるんだ」

「わたしもその子のうわさなら聞いたことがあるなあ」

横にいるユリがうなずいた。

『その真也くんは、具体的にどんなうそをつくの？』

サムはケンタに聞いた。

「前に、いっしょに文房具屋へ行ったことあるんだけど、ぼくがお店のものを万引きしたっていきなり大声で騒がれて、どうしようかと思った」

ケンタは思い出したくもないって顔をして頭を振った。

『それは、まいったね』

「ハワイに別荘を持っているとか、有名人に友だちがいるとか、一万円落としたとか……。仮病は日常茶飯事だし、うそを注意すれば死んでやるって大騒ぎ」

『かなりの問題児だね』

「当たり前だけど学校に友だちは一人もいないし、家族も手をやいていて、真也のお母さんなんて、今にも倒れちゃいそうなんだ」

　ケンタの母親と真也の母親はママ友なので、真也のことをくれぐれもよろしくと、いつもケンタは頼まれている。

「そんな真也が最近、ある女の子のことをかわいいって言い出したんだ。普通ならそれほど嫌がられることじゃないと思うんだけど、言ってるのがうそつきの真也だから……」

「その女の子にしたら、遠回しにかわいくないって言われてると思ったのかも」

　ユリは眉を寄せた。

「そうなんだよ。まわりもそういう目で見るし。それなのに、真也は事あるごとに言うから、その子は結局、不登校になっちゃったんだ」

　ケンタは、そこで深いため息をついた。

『うそつきって、うそをつくのが下手だからそう呼ばれるんだ』

　サムの言った意味が理解できず、ケンタが首をひねっていると、

「わたしもそう思う。ばれないように上手にうそをついている人なんていっぱいいるもの」

　と、ユリがサムに同意した。

『そう。だから今回、きっと真也くんは、本気でその子のことをかわいいと思っているね』

　すぐにサムは答えをはじき出した。

「そうだとしたら、何かいい解決法はないかな？」

　ケンタが尋ねた。

『真也くんに会う前に、真也くん以外の人たちから、彼について知っていることをできるだけ多く集めたいな』

「じゃあ、クラスメイトに……」

『そうじゃなくて、まずは担任の先生からにしようよ。でも先生にはサムの存在を知られたくないから……。サムが聞きたいことはケンタくんが代わりに質問してほしいんだけど、できるかな？』

　腰を上げかけたケンタにサムが言った。

「この前みたいに、ぼくたちの耳にしか聞こえない音で質問の内容を教えてくれるんなら、できると思う」

『もちろんさ。じゃあ、行こう』

　サムが言うと、ケンタはうなずいた。

「おもしろそう。わたしもついていく」

　ケンタはサムを小脇に抱えると、ユリといっしょに職員室へ向かった。

2

「失礼します」

ユリたちは、ひと声をかけてから職員室に入った。

『一度ここに入ってみたかったんだ』

モスキート音でサムがつぶやいた。

さっそく二人と一台は、四年生の担任、清水の机へ向かった。

「あら。あなたたちは五年生の子ね。どうしたの？」

事務イスに座った清水は、おさげ髪にメガネをかけた優しそうな先生だ。

ケンタは簡単に自己紹介すると、真也の母親から頼まれたとことわってから、話を切り出した。

「真也くんのお母さんは、女子の一人が学校に来なくなったのは、真也くんのせいじゃないかと心配しているんです」

「難しい問題なのよ。真也くんはけっして悪口を言ったわけじゃないのに、言われた子はそう受け取らなかった……」

その不登校になっている女の子は金子亜美という名前だった。

「金子さんって、どの子ですか？」

ユリは机に飾ってあるクラス写真を見つけ、清水に尋ねた。

「この子よ」

清水が一人を指差した。

ユリが予想したとおり、目がぱっちりしたかわいい子だ。

「みんなは、真也くんが本気で言ってるとは思わなかったんですか？」

ケンタが聞いた。

「それが、真也が言うならかわいくないってことだって、ことさら男子たちがあおったものだから、おかしなことになってしまって」

清水はこめかみに手をやった。

「かわいい子に意地悪する男子って、よくあるパターンですよね」

ユリは苦笑いした。

「真也くんはうそじゃないって何度も言っていたんだけど、そう言われるたびに彼女が落ち込むものだから、ついにブスだなんて言いだしたの」

「うそつきがかわいいと伝えたいなら、ブスって言えばいいんだろってことですね」

ユリは少し切なくなってきた。

「でも、みんなはそうは取らず……」

清水が言いかけると、

「ほらついに認めたぞ、ってなったわけか」

ケンタがつぶやいた。

『ところで先生は独身ですかって聞いて』

不意にサムが、ケンタにとんでもない指示を出した。

「はあ？」

ケンタは思わず声をもらした。

『早く聞いて』

「とっ、ところで先生は結婚されているんですか？」

サムとの約束なので、仕方なくケンタは従った。

「まだ独身だけど」

意外なことに、清水は普通に答えた。

『次は、体重は何キロですかって』

「ええっ？」

「いったいどうしたの？」

一人であたふたしているケンタを、清水はいぶかしんだ。

『ほら、質問して』

サムは容赦なくせっついた。

「先生って、体重は何キロですかっ？」

嫌なことは早く済ませようと、ケンタはできるだけ早口で言った。

「ん、何？」

ちゃんと聞き取れなかったのか、清水は聞き返した。

「わたし、大人になったら先生くらいのスタイルが理想なんですけど、よかったら、先生の身長と体重を教えていただけませんか？」

見かねたユリが助け舟を出した。

「そうね。百五十九センチで、四七・五キロくらいかしら」

ユリのおかげで、清水はすんなり答えてくれた。

『そんな聞き方しちゃだめだよ。この先生がどんな質問で怒るのか試しているんだから』

おい、おい。何を言ってるんだ。

ケンタは頭をかかえた。

『じゃあ、いま言った先生の体重は九十パーセントの確率でうそだから、それを指摘してみようか』

サムは再び無茶な指示を出した。

ケンタは小刻みに頭を振って、それを拒否した。

『うそ～、先生なら少なくとも五十キロ以上あるはずです！』

ケンタが言わないことがわかると、サムはなんと、これまでのようなモスキート音ではなく、清水にも聞こえるような低い声で言った。

しかも、どことなくケンタに声色を似せている。

「さっきから聞いていれば、あなたたち、いったい何をしにきたの？」

ついに清水が怒りだした。

「すいませんでしたっ！」

ケンタとユリは、ほうほうの体で職員室から逃げ出した。

『やった。良いサンプルが取れたよ』

その一方で、満足気なサムのモニターには、お花畑でスキップしている女の子の映像が流れている。

「清水先生を怒らせるのに、いったいなんの意味があったんだよ？」

ケンタは階段の下までくると、サムにかみ付いた。

『あの先生は温厚な性格だって評判だから、真也くんになめられてるんじゃないかと思って試したんだよ』

「それで、結果はどうだったの？」

ユリがサムに聞いた。

『予想どおり、少し迫力不足かな。あの先生は、もう少ししかる練習をした方がいいね』

「そんなの顔を見ただけで、わかりそうなもんじゃないか」

ケンタは、ため息まじりにつぶやいた。

『見た目で勝手に判断しちゃダメだよ。ちゃんとたしかめないと、真実は導き出せないよ』

サムには、人とは違う判断基準があるようだ。

3

ケンタは翌日、朝一番で二郎からサムを預り学校に向かった。

子どもたちがまだだれも登校していないのを確認してから四年生の教室にもぐりこみ、教壇の下の道具入れに、そっとサムを入れてきた。

サムはもれ聞こえる雑談やうわさ話から、このクラスの子どもたちの性格をある程度、把握できるらしい。

給食が終わり、昼の休み時間になった。

ケンタが再び四年生のクラスに向かうと、担任の清水が出ていくのが見えた。中には、まだほとんどの子どもたちがいた。

ケンタは何食わぬ顔で教室に入り、道具入れに隠しておいたサムを取り出して、教壇の上に置いた。

『やあ、サムだよ。みんなよろしく！』

いきなりピカピカ光って声を出すサムに、四年生たちの目はくぎ付けになった。

『みんな、これからサムとお話しない？』

そう言うと、クラスの子どもたちがサムのまわりにどっと集まってきた。

『サムは、一度にたくさんのことを覚えられるんだよ。まずは、みんなでこっちに顔を向けて、自分の名前を言ってみてよ』

「じゃあ、いくよ。せーのっ」

ケンタの掛け声にあわせて、クラスの子どもたちがいっせいに自分の名前を叫んだ。それはもう、ただの音の塊だ。普通の人間なら一人の声だって聞きとれないだろう。

『OK、インプットできたよ』

しかし、サムには訳もないことだったようだ。

「じゃあ、ぼくの名前がわかる？」

最初にやんちゃそうな男の子が手を挙げた。

『ハセガワユウタくんだろ』

「当たった」

長谷川優太は目を丸くした。

「はい、はい。じゃあ、わたしは？」

次に手を挙げたのは、前髪をきれいに切りそろえた女の子だ。

『イトウナナちゃん』

「すごい、すごい」

サムに名前を当ててもらった伊藤菜々は、手をたたいて大喜びした。それから、何人かに名前当てをしたが、サムはすべて正解した。

「サムは一瞬でクラスのみんなを覚えちゃったの？」

優太は身を乗り出しながら、サムに聞いた。

『いや、一人だけサムに名前を教えてくれなかった子がいるよ。廊下側の一番後ろに座っている男の子。あれはだれなの？』

「ああ、ウソシンか……」

優太が言った。

『ウソシン？』

「本当の名前は川村真也なんだけど、うそばっかりついているから、ウソシンって呼ばれてるんだ」

ケンタが思っていた以上に、真也はこのクラスで浮いているようだ。

『気分をかえて、マルバツクイズをしよう。今からサムが出す質問にそうだと思ったらマル、違うと思ったらバツって答えるんだよ』

サムはすぐに話題をかえた。

「おもしろそう」

真也以外の子どもたちは、みんな目を輝かせた。

『お父さんより、お母さんの方が好き』

みんな口々に自分の答えを叫んだ。

『家でペットを飼っている』

その後も、サムは子どもたちにつぎつぎと質問した。

『これで、だいぶみんなのことがわかってきたよ』

「こんなことで本当にわかるの？」

菜々は半信半疑だ。

『イトウナナちゃん、きみはしっかり者だけど、家では甘えん坊だね。勉強は算数が得意で、学校の先生になりたいと思っている。三つ後ろに座っているハタサクラちゃんとは気が合うは

ず。もしかするともう友だちかな？』

「すごい。全部当たってる」

菜々が驚くと、クラスじゅうが大騒ぎになった。

『協力してくれたお礼に、ある本当にあった話を聞かせてあげるよ』

サムが言った。

「聞きたい！」

子どもたちはすっかりサムのとりこだ。

『不要品引き取ります……』

サムは、題名を言ってから話し始めた。

4

「ゴミありませんか？」

男が、ある会社にやってきて言った。

「ありません」

突然やってきた男にゴミを預けるなんて気味が悪い。受付の女性はきっぱりと言った。

「そういうことじゃなくて、捨てるのに困っているゴミはありませんか？」

女性が黙っていると、

「モノじゃなくてもいい。たとえば、動物や人でもかまいません」

男はとんでもないことを言い出した。

そのとき、たまたま通りがかった総務部長の木藤がその話を聞いた。

木藤はちょっと興味があったので、男を呼んで、

「捨てたいものならあるが、本当に生きものでもいいのか？」

と、小声で聞いた。

「ええ、なんでも結構です」

「人間でも？」

「もちろんです」

「後で面倒くさいことになったりしないか？」

「だいじょうぶです。そういうこともひっくるめて解決するのが我々の仕事ですから。きれいさっぱりと処理いたします」

男は胸を張った。

「どうするのかね？　まさか抹殺するなんてことはないだろうね？」

木藤はじっと男を見た。

「そんな物騒な手は使いません。いなくなりさえすればいいんでしょう？」

「そうだ。いなくなればいい」

「ご要望にお応えします」

「ただし、秘密は絶対に守ってもらわないと困る。それは約束できるかね？」

「もちろんです」

「それなら頼むことにしよう。料金はいくらだね？」

「一件、百万円でどうですか？　高いと思われるかもしれませんが、これですべて解決すると考えれば安いのではないかと……」

「そうか、それでは一人頼む」

「では、それがだれなのか、教えてください」

木藤は席を立つと、やがて一通の履歴書を持って来た。

「田中健吾さん、二十八歳ですか。それではお引き受けします。料金は後払いでけっこうです」

「わかった。よろしく」

「では、これで失礼します」

男は名刺を置いて帰っていった。

「だいじょうぶでしょうかね？」

木藤が席に戻ると、総務課長が不安そうな顔で言った。

「まあ待ってみよう。手付金を要求されたわけじゃない。ダメでもこちらに被害はない」

「しかし、あの男、どうやって田中を消すつもりでしょうか？」

「それはわれわれが考えることではない。彼に任せておけばいい」

それから一週間後、田中は会社に出て来なくなった。

さらに一週間が過ぎたが、田中は現れない。

ある日、男が木藤のところにやってきた。

「田中さんは消えたでしょう？」

男が言った。

「たしかに消えたことは認める」

木藤が言った。

「では、お約束のものをいただきます」

「渡すのはかまわないが、後日、田中が現れないと保証できるか？」

「できます」

「まだ一週間では信用できんな」

「それなら、一週間後にまたまいります。ただし、それ以上は待てません」

男はそう言い残して帰っていった。

木藤は、それから新聞の社会面を注意していた。もし田中が殺されていたら、ただでは済まないと思ったからだが、そんな記事が出ることはなかった。

それから一週間が経つと、男がまたやって来た。

「お金をいただきにまいりました」

「何のことだ？」

木藤がとぼけると、

「約束が違うではありませんか？」

男が顔色を変えた。

「わたしはどんな約束もしていない」

木藤は言い張った。

「そうですか。そうおっしゃるなら帰ります」

何か言うかと思ったが、男は文句も言わずに帰っていった。

木藤は百万円を払わずに済んでほっとしたが、だんだん不気味になってきた。

数日はそのことが気になっていたが、次第に忘れてしまった。

それから一か月後、総務課長が出勤すると、普段は朝早くから会社に来ている木藤の姿がなかった。休むという連絡もないまま、正午になった。

部長が無断欠勤などするはずがない。総務課長は携帯と自宅に電話をしたが、まったく通じなかった。

そのとき、総務課長は田中のことをふと思い出した。

顔面蒼白になりながら、木藤の机の中から男の名刺を取り出すと、電話をかけた。

「部長がいなくなったのだが、もしかして……」

「部長って、木藤さんのことですか？」

「そうだ」

「木藤さんなら、お約束を守っていただけなかったので消えていただきました」

「消えていただいたって、まさか？」

「殺したりはしていませんので、ご安心ください」

「安心しろと言われても……。殺さずにどうやって消すことができるんだ？」

「できますよ。わたしがどうやったのか、教えてほしいですか？」

「教えてくれ」

総務課長はそう言うと、息をのんだ。

「簡単なことです。いなくなってほしい人の名前を鉛筆で書いて、それを消しゴムで消したのです」

「ばかな……。そんなことくらいで人間が消えるものか」

「あなたがやっても消えませんよ。わたしがやらなくては」

「だれがやったって、そんなことは信じられない」

「そうですか。それなら試しにやってみましょうか?」

「待ってくれ!」

総務課長は叫んだが、男は一方的に電話を切ってしまった。

だれも座っていない木藤の机を見て、総務課長は震えが止まらなくなった。

5

『どうかな?』

サムは黙ってしまったみんなの顔を見た。

「その話、うそでしょう?」

優太が言った。

『うそじゃない。本当にあった話だよ』

「だって、その人は殺されてないんでしょ？」

菜々が聞いた。

『殺されてはいないよ』

「じゃあ、どこに行っちゃったの？」

『知りたい？』

「知りたい、知りたい」

みんなが口々に言った。

『現実とは別の世界さ』

「それって、やっぱり殺されたってことじゃん」

優太が突っ込んだ。

『死後の世界とも別だよ』

「そんなのが本当にあるの？」

『あるよ』

「うそだあ」

みんな大騒ぎになった。

『うそだと言っているけど、もし、あの男がみんなのところにあらわれたらどうする？　消されるかもしれないぞ』

「ばかばかしい。そんなのうそに決まってるだろ」

一人だけ離れたところに座っていた真也が口を開いた。

『そのとおり。ただの作り話だよ。サムもかなりのうそつきなんだ』

真也がうまく誘いに乗ってきたので、サムはあっさり認めた。

『きみもなかなかのうそつきみたいだね。それなら、サムとうそくらべをしようよ。これから、きみは本当のことをうそとを織り交ぜて話してくれないか？　サムはそれを本当かうそか当てる。どう、やってみるかい？』

「別にいいけど」

ずっとつまらなそうにしていた真也だったが、うそくらべには興味をひかれたようだ。

『さあ、どうぞ』

「ぼくの一か月のおこづかいは五千円だ」

サムに促されて、真也は一問目を出した。

『うそだ』

「はっずれ～」

真也は楽しそうに舌を出した。

『それもうそ』

チッ。

真也は舌うちした。

どうやら一問目はサムの勝ちだったらしい。つまり真也のおこづかいが五千円ではないと見破ったサムに、真也はもう一度、間違ったとうそをついたということだ。

「次の問題。朝ごはんはパンだった」

『真也くんが今日食べた朝ごはんってことでいいの？』

「いいよ」

真也は、ただ朝ごはんと言っただけだったので、サムはきっちり確認した。

『いくつ食べたの？』

「一枚と半分」

枚と数えるということはトーストだろう。真也の答えが具体的だから、この問題はうそじゃないと、ケンタは思った。

『何かぬった？』

「バターがぬってあったよ」

『ジャムはぬらなかったの？』

「うん」

真也はうなずいた。

『それならうそだ』

「正解……」

どこでわかったのか、ケンタには見当もつかなかったが、サムは真也のうそを見抜いた。

「じゃあ、もう一問」

真也はつぎつぎに見破られたのが気に入らなかったのか、前のめりになって言った。

『どうぞ』

「一週間くらい前、ぼくはカッパ池の近くでだれかが連れ去られるのを見た」

これならケンタでもわかる。明らかにうそだ。葵町でそんなことがあったら、今ごろ大騒ぎになっている。

ところがサムは、

『それは本当』

と、即答した。

「とっておきの問題だったのに、なんでわかったの？」

真也は、両手を広げて降参した。

ええええっ、この話は事実なの？

ケンタは内心びっくりした。

『きみのしゃべり方や態度を見ていれば、だいたいわかるよ』

サムの的確な指摘に、真也は悔しそうに下を向いた。

『これでわかったでしょ。真也くんはうそつきなんじゃなくて、うそをつくのが人よりずっと下手なんだよ。すぐにばれないようなうそをついていれば、うそつきだってみんなに好かれるのにね』

「うそつきはうそつきだ。好きになんてならないよ」

優太が言った。

『うそはうそでも、みんなが楽しめるようなうそならどう？』

「そんなうそがあるの？」

『ロボットの立場から言わせてもらうと、人の世界はうそであふれてるよ。映画やドラマなんて、最初から最後までうその塊なのに、作った人や出演している俳優は、みんなの人気者でしょ』

「それとこれとは話が違うよ」

優太は口をとがらせた。

『違わないよ。人間って、シビアな現実よりうそを楽しむ生きものなんだ。きみたちだって、真也くんが本気で金子亜美ちゃんのことがかわいいって言ったのをわかっていながら、うそだと言って亜美ちゃんをからかって楽しんでいたでしょ。それは真也くんだけじゃなく、亜美ちゃんも傷つけてたんだよ』

「……」

優太は、バツが悪そうにして口をつぐんだ。

その時、教室の扉が開いた。

「亜美ちゃんだ！」

みんなが注目する中、亜美がユリに連れられて教室に入ってきた。

「だいじょうぶなの？」

菜々が声をかけると、亜美は静かにうなずいた。

亜美が自分の席についた。

数人の男子たちが彼女の元に駆け寄ったが、真也は少し離れたところでそれを見つめていた。

「ごめん。おれたち、調子に乗りすぎてた」

男子たちが頭を下げたが、

「えっ、なんのことかわからないよ」

と、亜美は頭を振った。

「おれたちのせいで、学校を休んでいたんだろ？」

「いやだなあ、違うよ。わたしは、今はやってるインフルエンザで休んでいただけだよ。優太くんたちも、真也くんも、まったく関係ないからね」

『これもうそだよ』

サムはケンタに言った。

「でも、いいうそだ」

ケンタは、だれにも聞こえない小さな声でつぶやいた。

第3章 黒衣の外国人

1

ユリが学校から家に帰ると、玄関に見覚えのある靴があった。

「おじゃましてま〜す」

廊下の向こうから、サキが顔を出した。

奥の部屋で、マリとなにやら密談していたようだ。

「さっき、お昼のニュースでやってたんだけど、とんでもない事件があったんだ」

マリは、ユリの顔を見るなり言った。

「ヨーロッパで行われている博覧会で、自爆テロがあったんだって」

サキが神妙な顔で言った。

「えっ、被害者とかだいじょうぶなの？」

「幸い、軽いけがが人が出た程度ですんだみたいなんだけど、その自爆した犯人っていうのがさあ……」

「もう捕まったの？」

「博覧会の展示物に紛れ込んだロボットだったらしいのよ」

「ロボット？」

ユリは目を丸くした。

「今日は、首相が博覧会に来場して、そこに展示されている人型ロボットと握手するっていうセレモニーがもともと組まれてたそうなんだけど、そのタイミングを狙って、ロボットが自爆するようになってたみたい」

「それじゃあ、首相が大変じゃない」

「それが首相が到着する前に、何かの拍子にロボットが爆発しちゃったんだって」

「軽いけがが人だけですんだなら、まだよかったけど、恐ろしいね」

ユリが険しい表情をして言った。

「そういえば、マサルたちが直そうとしているあれって、どこまで進んでるの？」

まだ学校を休んでいるマリが尋ねた。

「まだ全然。パーツを集めてる段階だと思う」

ユリが答えると、

「例のサムだけど、クラスのみんなから個人情報を集めているそうじゃない」

と、マリがユリに聞いた。

「集めているっていうか、みんな、自分から話してるんだけど……」

「あいつ、口がうまいから、つい乗せられちゃうのよ」

サキが口をはさんだ。

「まるで詐欺師の手口ね」

マリが、苦々しい顔をして言った。

「わたしの考えは少し違うよ。サムはただ情報を持っているだけ。だれにもその秘密を話さないし、機械だからうっかり口をすべらすなんてこともない。なんのしがらみもないから、そんなことをする必要がないのよ」

「たしかに、ペットには秘密を話す人がいるって聞くよね。口が堅い公平な第三者になら、しゃべっちゃうのもわからないでもないか……」

マリは、ユリの意見に理解を示したが、

「そう言うけど、ペットは人の言葉をしゃべれないからね。サムはぺらぺらよ」

サキがもっともなことを言って引き戻した。

「でもサムだったら、見た目や態度だけで、その人を判断することはないでしょ。あくまで自分で集めた情報を元にしてるんだから、わたしはおもしろい存在だと思う」

ユリは、言いたいことを言ってから二人の反応をうかがった。

「王様の耳はロバの耳みたいなことにならなきゃいいけど」

サキは、古本屋の娘らしいことを言って切り返した。

「そういえば一週間くらい前に、カッパ池の近くで人が連れさられる事件があったらしいよ」

ユリは話題を変えた。

「なに、それ？　初耳だよ」

マリは身を乗り出した。

「目撃したのが有名なうそつき少年だったんで、大人はだれも信じなかったそうよ」

ユリは真也から聞いた話を二人にすることにした。

それは、あっという間の出来事だった。

真也は最初、暗闇で火花のようなものを見たそうだ。

「ビリビリしびれさせる道具ってあるじゃない？」

「スタンガンね」

物知りのサキが、すぐに教えてくれた。

「きっと、そのスタンガンでだれかをしびれさせたときに火花が起きたんだよ」

マリの推理に二人がうなずいた。

「それから、青い作業服を着た大男が二人でだれかをかかえて、ここから三軒先の向かいに建っている空き家に運び込んだらしいの」

ユリが言うと、

「三軒先って、すぐ目の前のホロがかかった家のこと？」

マリは驚いて目をむいた。

「そうみたい」

ユリがうなずいた。

「冗談じゃないよ。家の目と鼻の先でそんなことが起こっていたなんて」

マリはいきなり立ち上がると、素早く着替えて玄関へ向かった。

「マリ、これは一週間前の話だよ」

ユリはすぐに後を追った。

「そうだとしても、何か手がかりが落ちているかもしれないじゃない」

マリが一度言い出したらひかないことを、ユリは嫌というほど知っている。

結局、マリ、ユリ、サキの三人でその空き家に向かうことになった。

2

このところマサルとヒロは、川底あさりをするのを日課にしている。

今日も学校から帰ると、すぐに川に入った。

マサルの母親が軽トラックでロボットをはねとばしてしまった現場である、大橋の付近から、川の流れに沿って順番にロボットのパーツを捜しているのだ。

「何かあったか？」

上流からマサルの声がした。

「何もな～い！」

下流にいるヒロが答えた。

しかし、めぼしいものはまったく見つからず、二人が発見したものといえばヤスオのズボンくらいだった。

「こんなに捜してるのに、何も見つからないなんておかしくないか？」

川の水量は、せいぜい子どもの膝下くらいしかない。ヒロはバシャバシャと川の中を進んで、マサルのところまでやってきて言った。

「だから、そんなに遠くまでいってるはずはないんだ」

マサルはヒロの言葉を打ち消すように、大げさに水面をかいた。

「いや。おれは、もしかしたらもう遠くまで流されちゃったんじゃないかなって思ったんだけど……」

「それはない。このあたりのどっかに沈んでる」

マサルは頭を振った。

「沈んでるって言うけど、そもそも、ロボットのパーツって水に沈むのか？」

ヒロが根本的な疑問をなげかけた。

「そりゃあ、金属なんだから沈むだろ」

マサルが、何を当たり前のこと言ってるんだって顔をして言った。

「本当に金属か？」

ヒロは食い下がった。

「先に集めた部品を見たか？　あれだけ重いんだから金属だろ」

マサルも自信があるわけではない。

「金属だとしても、船は浮くぜ」

「たしかにそうだな」

「同じ大きさの水より軽ければ、重くたって水に浮くんだ」

ヒロの父親は商船に乗っている船乗りなので、話に説得力がある。

「もしかすると、おれたちはとんでもない勘違いをしていたのかもしれないな」

急にマサルは不安になってきた。

「たしかめてみようぜ」

ヒロとマサルは川からはい上がると、ロボットのパーツが置いてある八百正のガレージに走った。

マサルは部品の山から適当に細長いパーツをつかんだ。

ロボットのパーツを改めて見てみると、プラスチックやグラスファイバーなど別の素材も多く、金属の部分は思ったより少ない。

「重さはあるんだけどな……」

マサルは重さを量るように、そのパーツを手のひらに乗せて上下させてみた。

「とにかく、たしかめてみようぜ」

ヒロが言うと、マサルもうなずいた。

そして、二人はそのパーツを持ってもう一度川へ行った。

先に川へ入ったマサルは、ヒロが下りて来たのを確認してから、

「いくぞ」

と、そっと水に浸してみた。

「ほら、やっぱり沈……まない！」

マサルは頭を抱えた。

パーツはいったん水面から見えなくなったが、すぐに浮き上がった。これなら普通に流れていきそうだ。

「やっぱり、そういうことだったのか」

ヒロは天を仰いだ。

「まいったな」

マサルはパーツを、これ以上流れていかないように両手でつかみとった。

「どうするんだよ」

ヒロが川の中で地団駄を踏んだ。

「こうなったら、捜索範囲を広げるしかないな」

マサルは下流の方へ目をやると、深いため息をついた。

3

「ここだよね？」

うそつき少年の言っていた家は、本当に長寿庵のすぐ近くにある。ぐるっとホロを被っているその家には、入り口らしいものが見当たらない。

そこは、マリとユリが物心つく前からずっと空き家のままだったが、近ごろ買い手がついて建て直される予定だと二人は聞かされていた。

「入るよ」

マリは、勝手にホロの一部をめくって中へ入った。

「いいのかな？」

ユリもそう言いながら後に続いた。

「何にも見えないよ～」

最後に入ったサキが言った。

急に辺りが曇ってきたためか、その家の中はかなり暗く、目がなれるまでにしばらく時間がかかった。

「これを見て。だれかが土足で上がったみたい」

マリが指さす方向に目をこらすと、ほこりをかぶった廊下に無数の足跡が見えた。

「建て直し工事が始まったんじゃないの？」

ユリが言った。

「それにしては、工事をした形跡が一つもないね」

サキの言うとおり、家の中は手付かずで、工事に必要なそれらしい道具や材料は一つも置かれていない。

「建て直しなんて、本当の目的を隠すためのうその情報なんだよ」

マリはもともとそう考えていた。

「上の階はどうなってるのかな？」

ユリが言った。

「行ってみよう」

マリたちは狭くて急な階段を登って、二階へ上がった。

窓際に置かれた二脚のイスのまわりに、カップラーメンの器やハンバーガーの包み紙が落ちている。

だれかが、ここで何かをしていたことはたしかなようだ。

「何をしていたんだろ」

ユリは試しにイスの一つに腰掛けてみた。

目の前の窓の部分にだけはホロがかかっていなかったので、長寿庵と前の通りをよく見渡せた。

「この双眼鏡、長寿庵の方を向いてるね。もしかしたらここで、刑事ドラマなんかでよく見る、張り込みでもしていたんじゃないのかな？」

サキが、となりのイスに腰掛けると、目の前に固定されている双眼鏡をのぞきながら言った。

「長寿庵を張り込んで、なんになるの？」

ユリが聞くと、

「それはわからないけど……」

　サキは口ごもった。

「最近うちの店に出入りしている、黒ずくめの怪しげな外国人がターゲットなんじゃないかな？」

　代わりにマリが答えた。

「それなら、張り込みをしてたのは、警察か政府の関係者か、そのどっちかに頼まれた人だったってこと？」

　ユリが言った。

「きっと、テロリストがうちの店に通っているっていう情報を手に入れたんだよ。それで、ここから監視してたんだ」

「それであの日、まんまとやってきたテロリストが御用になったってわけね」

　真也は、テロリストが逮捕された瞬間を目撃したのかもしれない。

　ユリはなんとなく納得した。

「なあんだ。じゃあ、もう安心ってことじゃない。心配して損した」

　サキが言った。

「まあ、そういうことになるか……」

「事件は解決しました。ってことで、さあ家に帰りましょ」

　ユリが、少しつまらなそうにしているマリの背中を押した。

三人はマリを先頭に階段を下りると、外へ出るためにホロをめくった。次の瞬間、ドン！

逆に、中へ入ってこようとするだれかと出会い頭にぶつかった。

「すみませ……」

マリは謝ろうとしたが、途中で言葉が出なくなった。

なぜなら、マリがぶつかったのは、黒いキャップにサングラス、ひげをたっぷりはやした、長寿庵によく来る、あの怪しい外国人その人だったからだ。

「テロリストだーっ！」

サキが思わず叫んだ。

その声に反応して、三人は一目散に逃げ出した。

どこをどう走ったのか、必死になりすぎて覚えていない。

しばらくして、あの怪しげな外国人が追いかけてくる気配がないのを確認すると、ようやく三人は走るのをやめた。

三人とも息も絶え絶え、汗だくだくだ。

「いったいだれよ……、あのテロリストが……、捕まったって……、言ったのは」

ユリは肩で息をしながら文句を言った。

「ユリ」

マリとサキが声を合わせた。

そういえばそうだったと、ユリはぺろっと舌をだした。

「思わず逃げちゃったけど、あいつが捕まってないんだとすれば、わたしたちがなんとかしないとね」

マリは、なんだか少しうれしそうだ。

しかし、あの怪しい外国人がまだこの町にいるとすれば、以前このあたりで連れ去られたのはいったいだれだったのだろう。

4

四年生の教室で頑張りすぎたのか、サムは電池切れを起こしていた。

ケンタはサムを充電するために、下校時刻を過ぎても、日がよく当たる校庭のベンチに座って推理小説を読んでいた。

しばらくすると、二郎がやってきた。

「サムはケンタくんといっしょだったんだね」

「うん。ちょっと前から困ってたことがあって、サムに助けてもらったんだ。おかげで解決できたよ」

ケンタは読んでいた小説をしまいながら言った。

「それはよかった。今は疲れて眠っちゃったの？」

「そうなんだよ」

それから、うそつき少年とサムのやりとりについて話すと、二郎はおもしろそうに聞いた。

「真也はサムに影響されたみたいで、もうつまらないうそはつかないって。それより、みんなが楽しんでくれるようないいうそつきになるってさ」

「それもうそだったりして」

二郎はおもしろがって言った。

「だいじょうぶ。それは、サムがうそじゃないって太鼓判を押してくれたよ」

そう言って、ケンタは笑った。

「将来、サムみたいなロボットが町にあふれるようになったら、世界はどうなるかな？」

二郎はケンタに聞いた。

「よく、人間の仕事がなくなっちゃうとか言うけど、それならそれで、ぼくはかまわないって思うんだ」

ケンタの答えは、意外なものだった。

「でも、親の仕事がなくなっちゃったら困らない？」

二郎は心配だ。

「ロボットたちが代わりにやってくれるからいいんだよ」

「ロボットたちが働いても、うちがもうかるわけじゃないから」

二郎は反論した。

「いや。だから、お金を稼ぐ必要がなくなるんだよ。みんな」

「お金を稼がなくても食べていけるの？」

「そうさ。人間は生きていくための労働から解放されて、毎日が日曜日みたいになるんだよ。いいことだらけじゃない？」

ケンタが同意を求めた。

「ロボットたちに養ってもらうってこと？」

「そういうこと。他人よりぜいたくがしたいとか、お金持ちになりたいっていう人は困るかもしれないけどね」

ケンタはうなずいた。

「でも、なんか動物園の動物みたいじゃない？」

二郎が言った。

「いいじゃん。動物園は平和だよ」

ケンタは二郎の顔を見た。

人は競争するのが好きだ。

他人に勝つためなら、なんだってするような連中がたくさんいる。

それがどんどんエスカレートしていって、都市をまるごと吹っ飛ばすような武器を持ったり、国を破産させるような博打を繰り返したりするのである。

そのとき、
ピョロリン。

『こんにちは。サムです』

気の抜けたような起動音とともに、サムが目をさました。

「おはよう、サム」

二郎が挨拶した。

『やあ、二郎くんもいるのか。だったらちょうどいいや。今から二人に連れていってもらいたいところがあるんだけど、いいかな?』

「あんまり遠いところは今からじゃ、ちょっと無理だけど、行き先はどこなの?」

ケンタが尋ねた。

『小高金属加工って町工場なんだけど、きみたちは知ってる?』

「あっ、ああ……」

二郎はケンタと目を合わせた。

マサルの母親がトラックではねとばしたロボットが最初に見つかった町工場だ。

「そんなに遠くないから連れていってもいいけど、いったいそこに何があるの？」

『サムの体の軽量化をお願いしていたんだ。あの会社、いろんな新素材を持っているみたいで、もしかすると、サムの体に使えるものがそこにあるかもしれないんだよ』

「ふうん、そうなんだ」

サムの体はすでに見つかっている。しかし、修理が済むまでは、そのことをサムに黙っておくとマサルに約束した。二郎はどうしようか悩んだ。

「いいんじゃないか。さっそく行ってみようよ」

サムにはうそがつけないことをよくわかっているケンタが言った。

二郎もマサルには悪いが、ばれたらばれたでそのときだと腹をくくった。

二人は、まずケンタの家に寄り、大川端マンションの二郎の家をまわって、それぞれの荷物を置いてから、小高金属加工へ向かった。

『あれ。入り口が壊れてるよ』

サムは見たままのことを言った。

小高金属加工の入り口は、いまだにロボットが破壊したときのままで、開きっぱなしだった。

「倒産して、みんな夜逃げしたらしいよ」

ケンタはサムに説明した。

『おかしいなあ、倒産なんてあり得ない。資金ならたくさんあったはずだよ』

サムは納得がいかないようだ。

「だったら、そのお金を持ち逃げしたのかも」

二郎は言った。

『それなら、あり得るかもね……』

サムはそう言うと、いったん静かになったが、

『とにかく、中を調べてみようか』

と、またしゃべり出した。

壊れた入り口から、サムを抱えた二郎とケンタは工場内に入った。

「さて、どうしようか」

入ってはみたものの、この荒れ果てた工場で何をしたらいいか、二郎は途方に暮れた。

『ここの従業員だった人の連絡先がどこかにないか、探してくれないかな』

「そうか。働いていた人なら何か教えてくれるかもね」

二郎は、事務室の床に散らばっている書類を物色してみることにした。

「これ、使えないかな」

ケンタが机の後ろから手帳をみつけた。

その手帳には、従業員の名前と自宅の住所と電話番号、そして、その人たちの携帯番号らしきものが手書きされていた。

『でかしたよ、ケンタくん』

サムに見せると、あっという間に全ての内容を記憶してしまった。

『試しに電話をかけてみよう』

「電話をかけるっていっても、ぼくらは携帯電話を持っていないよ」

二郎が言った。

『心配いらないよ。電話ならサムがかけられるから』

「もしかして、サムには携帯電話機能もついているの？」

二郎が聞いた。

『もちろんあるよ。電池をくうから、あまり使いたくないんだけどね』

そう言うと、サムはしばらくの間、静かになった。

サムはスピーカーをオフにしていたので、二郎たちは相手との会話を聞くことができず、だれと連絡が取れたのか、何か良い情報を得られたのか、わからなかったが、三十分ほど経過したとき、

『少し事情がわかったよ』

サムが言った。

サムは、会社が倒産する一週間くらい前に辞めた派遣社員の一人と話をすることができたらしい。

彼女によると、小高社長は依頼主からもらったお金で、発注されたものではなく、勝手に自分の好きなものを作っていたという。それが依頼主に発覚して、資金を急に打ち切られ、倒産してしまったようだ。

「自分の好きなものって、いったいどんなものを作っていたんだろ？」

ケンタは気になった。

『それに関しては、別の社員から資料を買い取ったよ』

「買い取ったって、サムってお金も持ってるの？」

二郎が聞いた。

「日本円なら、一億四千七百一万七千二百二十六円あるよ』

「ホントに？」

二人は顔を見合わせて驚いた。

『こんなの大したことないって。アメリカドルならもっと持ってるよ。お金なんて、株とかで運用すれば、あっという間に増やせるからね』

「そんなことまでできるんだ……」

二郎はため息が出た。

「それで、その資料にはどんなことが書いてあったの？」

ケンタは話を元に戻した。

『小高社長は、スーパーロボットを作ろうとしていたみたいだよ。ほとんど完成していたそうだけど、ここに、それらしいものは見当たらないなあ……』

マサルたちが直しているあれに間違いない。ケンタは二郎に目配せした。

「それが見つかったら、サムはうれしいかい？」

二郎は聞いた。

『もちろんだよ。それが見つかったらサムの本当の目的も果たせそうだよ』

サムは画面をピカピカ光らせて、喜びを表現した。

「本当の目的ってなに？」

『それは、見つかるまで内緒』

「すぐに見つかる気がするなあ」

ケンタは言った。

『そうだといいけどね』

そのとき、空が激しく光った。すると、遠くでゴロゴロとカミナリの音がした。

『離れたところで集中的に雨が降っているよ』

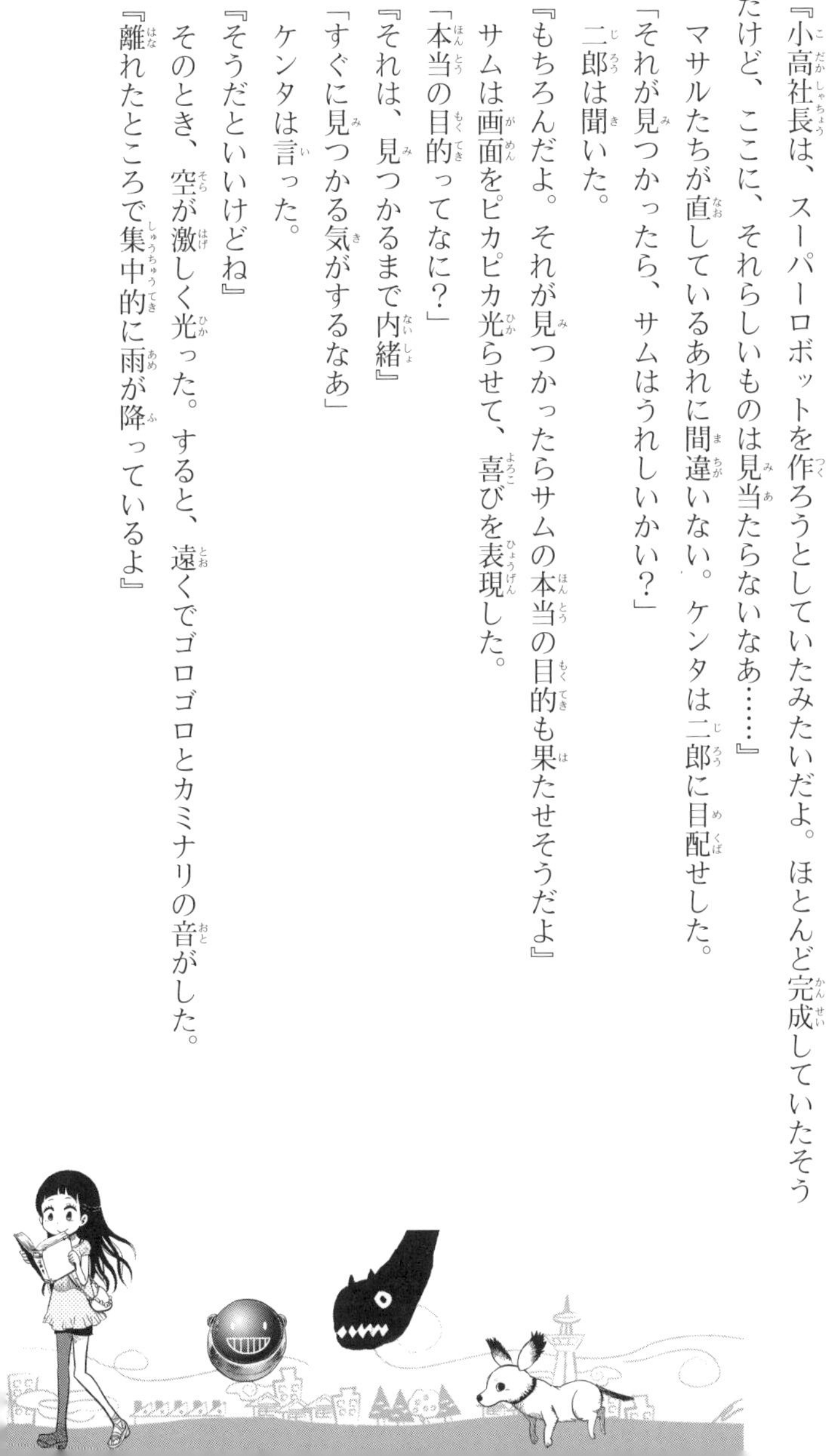

サムが言った。

「そろそろ帰った方がよさそうだ」

このあたりは土地が低いので、雨には弱い。

二郎とケンタは雨が降り出す前に、急いで工場の外へ出て、家路についた。

5

マサルとヒロは、ロボットのパーツを捜して、川の中を下流に向かって歩いていた。

少しずつ、水深が増していく。

「下手すると、もう海までいっちゃってるんじゃないか？」

マサルが、いつになく弱気になっている。

「そうなったら、足りないパーツだけおれたちで作ればいいだろ」

ヒロは楽天的に考えているようだ。

「そんなこと、できるのか？」

「少なくともおれにはできない。でも、なんとかなるだろ」

無責任なヒロに、

「なんでロボットが沈まないんだよ！」

マサルが、突然かんしゃくを起こしたように大声を出した。

「ロボットなら、そっちから出てこ～い！」

ヒロもマサルのノリに合わせて叫んでみた。

そんなことを言い合っているうちに、二人ともなんだかおもしろくなってきた。

「ロボットや～い！」

「出てこないとぶっ壊すぞ～！」

もう壊れているのに、壊すもなにもない。

調子をつけて叫んでいると、

「少年たち、ロボットがどうかしたんデスカ？」

と、上から声をかけられた。

マサルたちが川岸を見上げてみると、声の主は、黒い服を着た長身の男だとわかった。

サングラスをかけているので顔は定かではないが、このあたりでは、あまり見かけないタイプだ。日本語がどこかぎこちないので外国人なのかもしれない。

「ああ、ロボットが川に落ちて流れていっちゃったんですよ」

ヒロは思わず、本当のことを言ってしまった。

「そ、それは本当デスカ?」

その男は過剰な反応を見せた。

「じょうだんです、じょうだん。ロボットだったら水に沈みます。流れていくわけがないじゃないですか。こいつのじょうだんを真に受けたらダメですって」

マサルはそう言うと、作り笑いをしてごまかした。

「いや、十分あり得マス!」

その男は何のためらいもなく、黒装束のまま、川の中に飛び降りた。

「ええっ?」

二人がたじろいでいると、

「わたしも手伝いマス」

その男はそう言って、川の中をあさりはじめた。

「どうすんだよ?」

マサルはヒロに耳打ちした。

「まあ、放っておけばいいんじゃないか」

ヒロはまったく責任を感じていないようだ。

「ロボットって言っただけで、あんなに興味を持つのはどう考えてもおかしいだろ。あの外国人が先にパーツを見つけて、持っていかれちゃったらどうするんだよ？」

「そうか、それはまずいな」

ヒロは、やっと事態の深刻さに気がついたようだ。

二人は、ちょっとでも早く見つけようと、川の流れに沿って走り出した。

すると、その男は長い足をフルに使って、マサルたちを一気にぶち抜いていった。

だが、この川ならマサルたちの方が慣れている。二人は必死に食い下がった。

男と追いつ追われつしているうちに、マサルとヒロは、へとへとになってしまった。

「なんだか急に曇ってきたな」

マサルは急に冷静になって、立ち止まった。

「雨が降ってきたら、こんなところにいるのは絶対にまずいぞ」

ヒロもそう言って足を止めた。

その途端、空が光った。

「やばい。早く川から上がらないと」

いつもはおチャラけているヒロが真剣な顔をしている。カミナリが鳴り出したってことは、どこかでもう雨が降りだしたってことだ。

二人は、慌てて川岸にはい上がった。

ところが、その黒服の男は悠長にまだ川の中をあさっている。よそ者は、土地の低い葵町に

雨が降ってきた時の怖さをまるでわかっていない。

「おい、おじさん！　早く川から上がれって！」

マサルはその男に叫んだ。

「雨が降ってきたら、あっという間に川の水位が上がるんだ。おじさんがどんなに背が高くても、押し流されるぞ！」

ヒロも続いた。

「わたしに先を越されたくないから、そんなことを言うんデスネ。だまされマセン」

男は言うことをきかない。

「そんなんじゃないよ！」

二人はありったけの声で叫んだ。

もう北の空が真っ暗だ。間違いなくゲリラ豪雨がやってくる。川上から水が押し寄せてくるのも時間の問題である。

「ちょっと。そこで何やってるの？」

そこへ、マリ、ユリ、サキの女子三人が、マサルたちの声を聞いて駆けつけてきた。

「あのおじさんが川から上がらないんだ。さっきから何度も危ないって教えているのに」

ヒロが男を指差した。

「あっ、あのテロリストだ！」

マリが目を丸くした。

「たしかにそうね。それでも、助けないと」

ユリが言った。

「水がくるぞ。早く川から上がれ！」

全員で呼びかけると、男はようやく立ち止まって、振り返って上流のほうを見た。しかし、時すでに遅し。鉄砲水が、もう男の目の前まで押し寄せていた。

ようやく気づいたその男は、向こう岸に走りだして橋桁の裏に姿を消した。

そしてまもなくごうごうと水が押し寄せ、どす黒い水がただ流れているだけになった。

心配になったマサルたちは、すぐに橋の反対側へ回り込んだが、男はどこにもいなかった。

それから警察や消防署に連絡したが、男は見つからず、素性がわからないということで、捜索は早々に打ち切られてしまった。

見つからなかったのは、どこかではい上がることができたからだ。きっと無事に違いないと、マサルは都合よく考えることにした。

一方のマリたちは男の安否を気にしながらも、素性がわからないと聞いて、やっぱりテロリストだったのかもと口々に言い合った。

第4章 手づくりロボット

1

ヒロの家の玄関で、ガチャガチャと物音がした。

もう深夜の一時をまわっているので、ヒロはとっくに夢の中だ。

六人きょうだいの中で、一人だけ眠いのを我慢してテスト勉強をしていた長女の真美が、その音に気付いて耳をすますと、すぐに静かになった。

「お母さん、帰ったの？」

普段は忙しく洋食屋「くい亭」の切り盛りをしている真美の母親だが、今夜は、高校の卒業二十周年の同窓会に出席するため、店を臨時休業にして出かけていた。

「もお」

真美はしぶしぶ机から立ち上がると、玄関に向かった。そこでは案の定、酔っぱらった母親が眠ってしまっていた。

「あーあ。たまに飲みに出ると、すぐこれなんだから。お母さん！」

真美が体をゆすって起こそうとしたが、母親は、

「……ああ、うん……」

と答えるだけだ。

「せめて部屋で寝てよ」

「……わかった、わかった……」

すると、そのまま大きないびきをかきだした。

まったく、こんな状態でよく家まで戻ってこられたものだ。そのだらしない姿にあきれながらも、真美は感心した。

「ほら、起きて」

真美は、なんとか部屋までは連れていこうと、母親に向かって手をのばした。

そして、両手で母親の腕をつかんで、軽く引っ張った。

すると次の瞬間、その腕がすっぽりと抜けてしまった。

「えっ？」

引っ張った勢いで尻もちをついた真美は、最初、何が起こったのかわからなかった。

「んっ？」

外れたはずの母親の手のひらが、まだ真美の手を握っている。

「ぎゃあああああ！」

耳をつんざくような真美の悲鳴が家じゅうに響き渡った。

その声に驚いたのか、五人のきょうだいたちが飛び起きた。

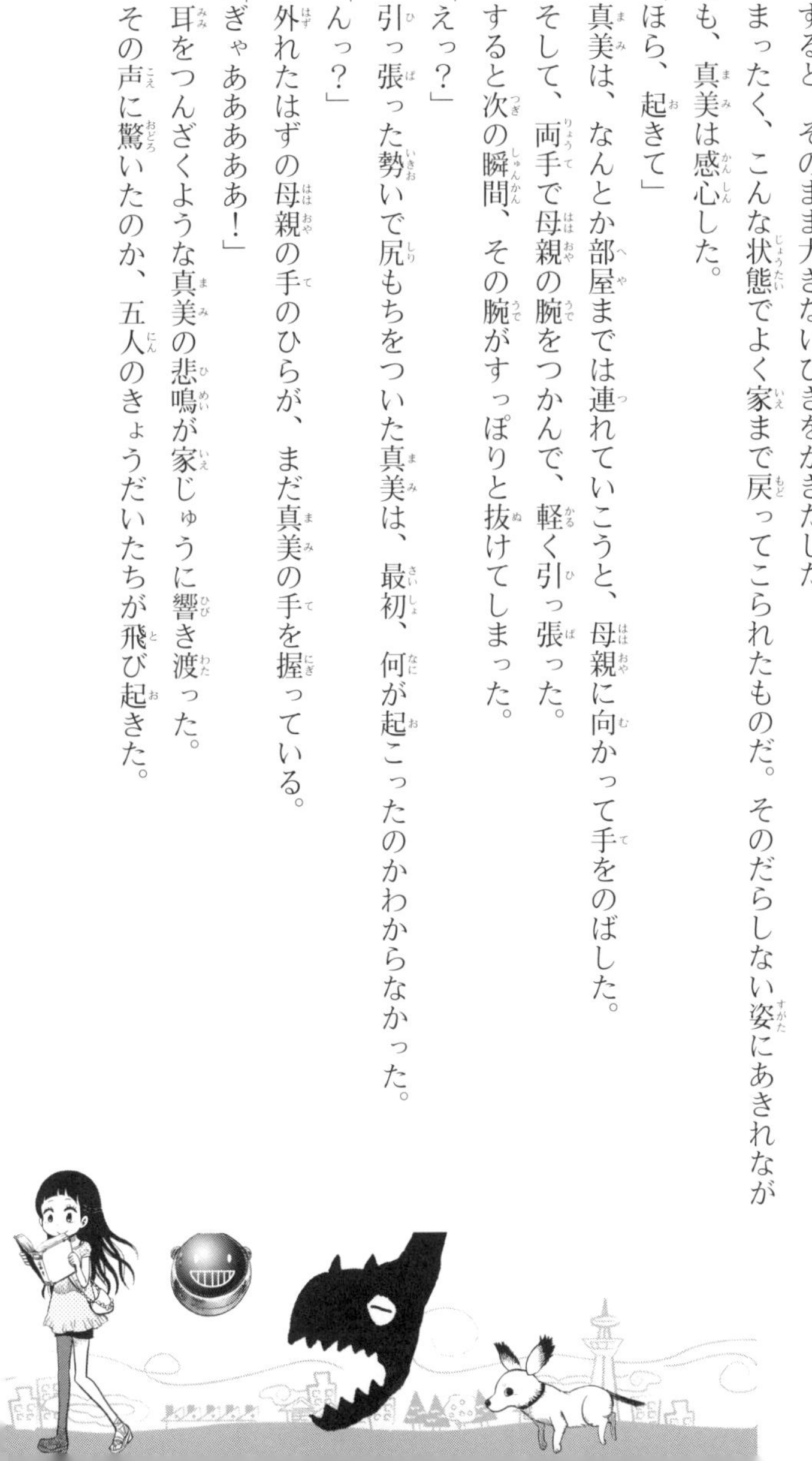

「何だ、どうした？」

長男の晃が、目をこすりながら聞いた。

「う、腕、腕……。お母さんの腕がとれた」

「母さんの腕がどうしたって？」

晃が、眠りこけている母親の両腕を確認すると、

「おまえ、何言ってるんだ」

と言って、母親の腕をつかんで広げて見せた。

「どういうこと？」

「寝ぼけてるんじゃないの？」

三男の満は、真夜中にたたき起こされたためか、機嫌が悪い。

「寝ぼけてなんかないよ。じゃあ、これは何っ？」

真美は、抱えていた腕を荒っぽく床に投げ捨てた。

「何だ、これ。でも、人の腕には見えないな」

満が言うと、

「おお、これは」

最後にやってきた、二男のヒロがそれに飛びついた。

「宏、やっぱり、あんたのいたずらだったの？」

真美は返事も待たずに、ヒロの頭をひっぱたいた。

「違うよ。これはおれたちがずーっと捜してたロボットの左腕だよ」

「ロボット？」

真美は眉をひそめた。

「もう川を流れていっちゃったか、とあきらめかけていたのに、まさか、この家にやってくるなんて」

ヒロは、その腕に頬をなすりつけて喜んだ。真美はじめ、他の五人はわけがわからず、茫然とその様子を眺めている。

「母ちゃん、これ、どこで見つけたんだ？」

ヒロが興奮気味に尋ねたが、母親は、

「もう、飲めません」

と言ったまま、それから朝まで眠り続けた。

2

翌朝、ヒロは母親が拾ってきたロボットの腕を抱えて登校した。

校門をくぐって校舎に入ると、先を行くマサルが階段を登りかけていた。それを見て、ヒロのいたずら心がうずいた。

マサルの背後にそっと忍び寄ると、機械の腕でその大きな肩をぐいっとつかんでみた。

「うわっ、何だ！」

マサルは何事かと思って飛び退いた拍子に、階段をすべり落ちそうになった。

「びびった？」

マサルが想像以上に焦っていたので、ヒロは笑い転げた。

「びびってねえよ」

マサルは照れ隠しに、ヒロの頭をごつんっとやった。

「いってえなあ、せっかくこれ、持ってきてやったのに」

ヒロは得意げに、ロボットの腕をマサルに見せた。

「見つけたのか！」

マサルは身を乗り出した。

「昨日の夜、母ちゃんが拾ってきたんだ」

ヒロはうなずいた。

「どこで？」

「ぐでんぐでんに酔っぱらってたからな。どこで拾ったのかはさっぱり」

ヒロは両手を広げた。

「それにしてもうれしいぜ。あのゲリラ豪雨で、もう絶対に無理だと思ってたからな」

マサルは、ヒロの肩を大げさにばんばんたたいた。

「なあ、話は変わるけど、さっき、この腕でおれの肩をつかまなかったか？」

「それは……」

ヒロは待ってましたとばかりに、ニヤリと笑った。

「実は、ここに手を突っ込んで、このワイヤーを引っ張ると指が動かせるんだ」

「なるほど」

マサルが腕の中に手を入れてみると、五本のワイヤーが、それぞれの指に対応しているのがわかった。

「うまく操れば、じゃんけんだってできるぜ」

ヒロは試しに動かしてみた。機械の手が握ったり開いたりしている。

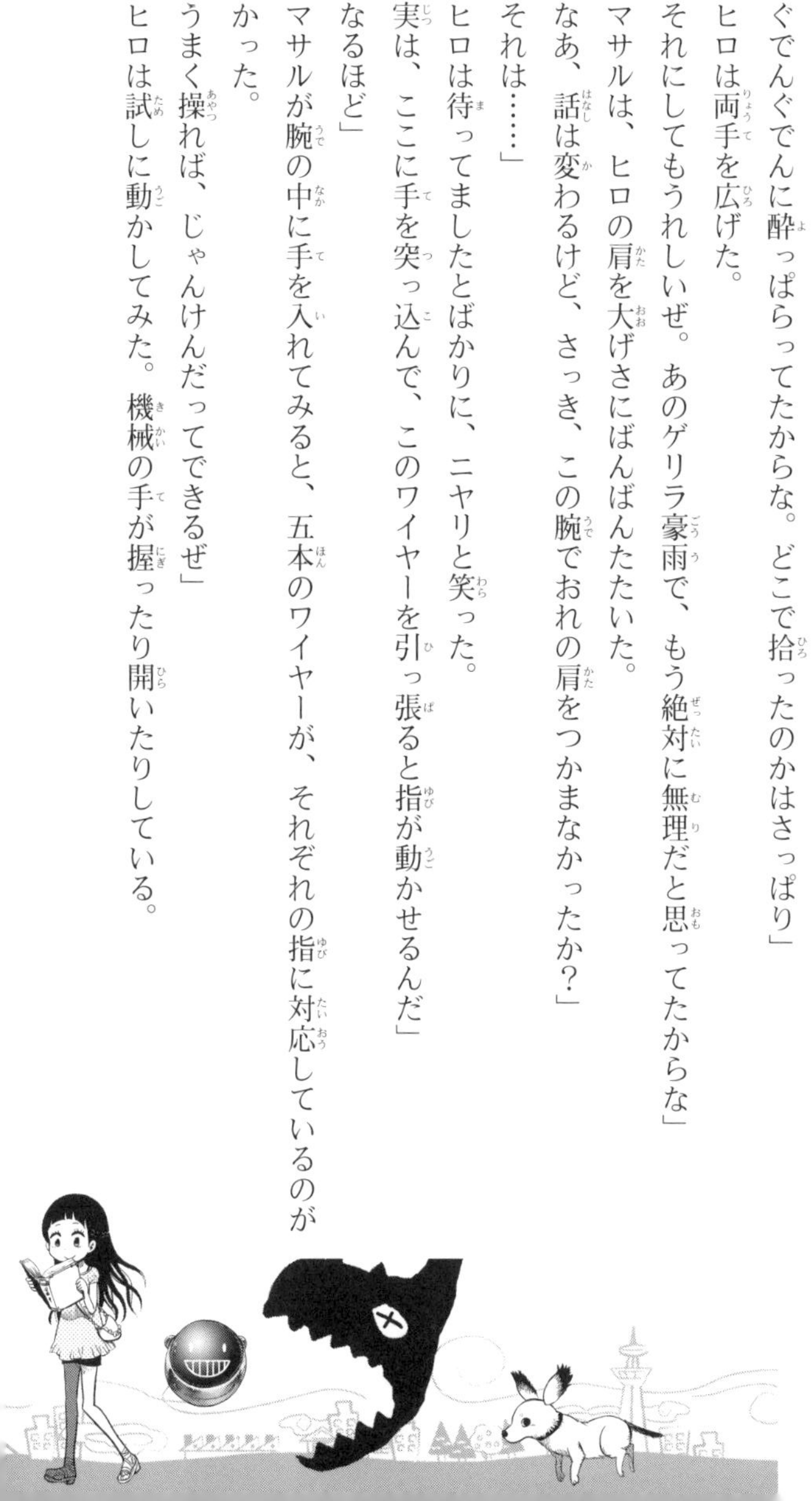

「おれにもやらせろ」

マサルは自分にもできるか、試してみた。

「マジックハンドみたいでおもしろいな」

「これを使って、他のだれかにいたずらしてみないか？」

ヒロは急に小声になった。

「おまえって、本当にそういうのが好きだな」

マサルはあきれながらも、嫌だとは言わない。

タイミングが良いのか悪いのか、ちょうどそのとき、ヒロとマサルがいる階段の下を、音楽教師の盛田が通りかかった。

太っていてのっそりしている盛田のあだ名は「カバ」である。

カバは職員室には向かわず、階段を上がってきた。

ヒロはニヤリと笑い、踊り場につるされている長い暗幕の裏に身をひそめた。

後をついてきたマサルに説明した。

「ここを通り過ぎたら、後ろから近づいて驚かそう」

「いきなり、この腕につかまれたらびっくりするぜ」

想像しただけで笑みがこぼれる。

「これ、使えないか？」

マサルはすぐ横にある半開きになった掃除道具入れから、バケツの縁にかけてあったゴム手袋をつまみだした。

「いいね」

ヒロはそう言ってそれを受け取ると、ロボットの腕に被せた。機械そのものより、ずっと人間の腕っぽい。

カバの足音がだんだん近づいてきた。

暗幕の裏で、二人は息をひそめた。

すぐに通り過ぎると思っていたが、カバはヒロたちの目の前で立ち止まった。

やばい、バレた……。

マサルはそう思ったが、

「スマートフォンでメールのチェックでもしているんだろ」

と、ヒロは落ち着き払っている。

「本当にだいじょうぶか？」

まだ不安なマサルが小声で聞くと、ヒロが足元を指差した。

暗幕の下から見える足は、かかとをこちら側に向けている。これは、カバが暗幕に背中を向けて立っているということだ。

それなら、かえって好都合だ。

ヒロは床すれすれのところまでかがみ込むと、暗幕の下からロボットの腕をのばした。

「さあ、いくぞ」

ヒロは、ここぞとばかりにロボットの腕でその足首をつかんだ。

「うわあぁっ、なんだ！」

聞いたこともないような叫び声がした。

ヒロが操るロボットの腕は、それでも足首を離さなかったので、カバは倒れないように、とっさに暗幕をつかんだ。

バリバリバリ！

カーテンレールから、ランナーもろとも暗幕が弾け飛んだ。

「わっ！」

ズッダーン。

倒れたカバを、外れた暗幕がふわっと包み込んだ。

「勘弁してくれ～」

その中から情けない声が聞こえた途端、ヒロたちは思わずふきだしてしまった。

「やったぜ」

ヒロは、マサルとハイタッチした。

「でも、ちょっとやりすぎちゃったかな」

「カバ先生、リアクション良すぎるから」

二人が少し反省しながらも、満足そうにしていると、

「わたしのリアクションがなんだって？」

不意に背後から声をかけられた。

聞き覚えのある声だ。

恐る恐る振り向くと、そこに立っていたのはカバ本人だった。

「えっ？」

二人は目が点になった。

「わたしのことをしゃべってたんだろ？」

カバは棒立ちになっている二人を見て、眉をひそめた。

「ええ。まあ……」

「それより、今すごい音がしたけど、おまえたちか？」

「カバ先生がここにいるとしたら、この暗幕の下にいるのはだれだ？」

ガーン！

ヒロはショックで、ロボットの腕を床に落としてしまった。

「わたしだ……」

暗幕の下から顔を出したのは、よく月曜日の朝礼の時に見かける白髪まじりの男性。

「校長先生！」

ヒロもマサルも、全身から一気に血の気が引くのを感じた。

のっそりしたカバを、いつの間にか校長が追い抜いていたのだ。

「いったい、これはどういうことだ？」

校長は静かに言った。

それが、逆に恐ろしい。

「あの……、ええと……、その……」

マサルは完全にしどろもどろになった。

「おれたちは叫び声が聞こえたんで、なんだろうと思って駆けつけてきただけです。か、階段に出る幽霊の話ってあるじゃないですか。きっと、あれじゃないんですかねえ〜、階段だけに……」

ヒロが苦しい言い訳をして、ごまかそうとした。

「おまえたちなあ」

普段は絶対に怒らないカバの顔が、怖い。

「すみませんでした！」

ヒロとマサルはそろって土下座した。

「わたしからも謝らせてください。この子たちにはちゃんと言い聞かせておきますので」

カバもいっしょに頭を下げてくれた。

だが、校長はいたって冷静だった。

「別に、大したことではないよ」

と言うと、怒鳴り散らすようなことは一切せず、ポケットからハンカチを取り出して、打った場所を丁寧にぬぐった。

ヒロたちがほっと胸をなで下ろしていると、

「ただ、これは没収ね」

校長はそう言って、床に転がっていたロボットの腕を拾い上げた。

「それはロボットの大事な……」

「没収ね」

校長は、もう一度ヒロたちに顔を近づけて、そのことを強調した。

有無を言わせない迫力がある。

怒っていないようで、やっぱり怒っていたようだ。

校長はそれからすぐにロボットの腕を持って、その場から去っていった。

「どうせ、おれだと思ってやったんだろ」

校長の姿が見えなくなると、カバがため息まじりに言った。

「先生だったら、もっと怒ってた？」

ヒロは試しに聞いてみた。

「ああ、怒ったね。土下座くらいじゃ、済まさなかったかもな」

「うそだあ」

ヒロとマサルが声を合わせた。

「おまえら、カバをなめてるけど、アフリカじゃあ、もっとも人を襲う猛獣として恐れられているんだぞ」

カバは変な自慢をした。

「それにしても、あれを取られちゃったのはまずいぞ」

マサルが言った。

「おかしなものを学校に持ってくるからだろ」

「ほんのちょっと、いたずらしてみたくなっただけだよ……」

カバに言われて、ヒロの声がだんだん小さくなった。

「まあ、おまえらに悪気があったわけじゃない。校長先生も、しばらくすれば返してくれるんじゃないか」

カバの予想に根拠があるとは思えない。

「そうかなあ。待っていても返してくれる保証はないよ。ここは積極的に行こう」

カバが去ったのを見届けてからヒロが言った。

「具体的にどうするんだよ」

マサルが聞いた。

「校長先生にゴマをするんだ。何かお手伝いをして、いい気持ちにさせればいいんだよ」

単純な方法だが、これが一番確実だ、とヒロは思った。

3

「大変です。校長先生！」

教頭が慌ただしく校長室に駆け込んできた。

「何事かね？」

「わたしが口で説明するより、見ていただいた方が……」

教頭は、校長を廊下の窓のところまで誘った。

この窓からは、裏の駐車場しか見えない。

「ほら、あそこです」

教頭が指差す方向を見ると、棒を持った少年が校長の車の上を行ったり来たりしている。

「あれは何をやっているんだ？」

校長が尋ねたが、教頭は妙な顔をして首をひねるばかり。

「とにかく行ってみよう」

校長はすぐに外へ出ると、駐車場に向かった。

バシャバシャと水をかける音がしている。

近くまで行くと、先ほど階段の踊り場で会った児童二人が、校長の車をデッキブラシでガリガリこすっていた。

「またきみたちか？　今度は何をしているんだ？」

校長は二人に声をかけた。

「ああ、校長先生。さっきのおわびに洗車しておこうと思いまして」

車の屋根の上にいるヒロが、屈託のない笑顔で答えた。

「この車はだな、昨日、洗車してワックスがけを済ませたばかりなんだぞ。それを、そんな硬いブラシでゴシゴシこすったら、塗装まで傷が……」

教頭がガミガミ言いかけると、

「まあ、まあいいじゃないですか。教頭先生」

校長がたしなめた。

「そうですよね。昨日洗ったとしても、毎日洗った方がいいに決まってますよね」

今度は、マサルが目を輝かせて言った。

「ああ、うん。そうだな」

校長の笑顔は引きつっている。

「いいんですか？　車に相当なダメージがきてますよ」

教頭が耳元でささやいた。

「子どもたちが善意でやったことに、校長のわたしが怒るわけにはいかないだろ」

よく見ると、車の屋根はへこんで、ワイパーもひん曲がっている。

校長は怒りたいのをぐっとこらえた。

「じゃあ、もう少し念入りにやって……」

「いやあ、もういい。十分きれいになった。ありがとう」

まだ洗車を続けようとする二人を、校長は必死で止めた。

これ以上やられたら、どこまで傷つけられるかわかったもんじゃない。

「そうですか」

ヒロがようやく屋根の上から降りたので、校長は内心ほっとした。

「喜んでいただけましたか？」

「ああ、喜んだ、喜んだ」

さっさと厄介払いしたい校長は、適当に答えた。

「では、さっきのアレ、返してほしいんですけど」

マサルが言った。

「なるほど、そういう魂胆だったか……。だったら、答えはノーだよ」

子どもたちの下心が見えた途端、校長は頑なになった。

「あのおもちゃはすぐに返そうと思っていたが、こういうことをして取り返そうとするのならダメだ。しばらく預かっておくことにする」

「そんなあ〜」

二人は肩を落として、とぼとぼと帰っていった。


だが、そんなことであきらめる二人ではなかった。

翌朝早くのこと。

「お父さん。大変です！」

校長は妻に揺り起こされて、目を覚ました。

「なんだ、朝っぱらから」

「うちの庭に……」

嫌な予感がした校長が、居間のカーテンをざっと開けると、目の前にダックスフントがいた。

その犬は、校長と目が合うなり、
ワン！

と、いきなりほえた。

「なんなんだ、この犬は」

校長は、びっくりして身構えた。

「おはようございます！」

すると、例の二人、マサルとヒロがすっと横から顔を出した。

「先生、番犬はいかがですか？」

トンを連れたヒロが話を切り出した。

「またきみたちか。こんな朝っぱらから、そんなものをすすめに来たのか？」

校長はあきれて頭を抱えた。

「はい」

いつもの屈託のない笑顔で二人はうなずいた。

「広いお庭は、近ごろ何かと物騒なんで、一匹どうですか？」

「そういうのは間に合っている」

校長はすぐに突っぱねた。

「でも、ぼくらだってこんな簡単に入り込めるんですよ。プロの泥棒に狙われたらヤバイですっ

て。この犬、頭いいんできっと役に立ちますよ」

「早く連れて帰りなさい。元々わたしは犬が嫌いなんだ」

小さいころ、犬にかまれたことがある校長は、それ以来、ずっと犬が苦手だ。

「そうでしたか。実は、そういう可能性もあるんじゃないかと思って、猫も持ってたんですよ」

マサルはそう言うと、いったんその場から消え、すぐに野良猫を抱えて戻ってきた。

ところが、トンと目があった猫が、
シャアアアアッ！

と、うなり声をあげて暴れだしたから大変だ。

「うわっ」

マサルは腕に爪を立てられて、思わず手を離してしまった。すると、猫は花壇を踏み散らしながら庭じゅうを走り回った。

妻と娘が大事に育てていた庭の花々は、あっという間にめちゃくちゃにされてしまった。

「とっとと二匹とも連れて帰りなさい！」

校長はそう怒鳴ると、カーテンを乱暴に閉めた。

あの時、意地を張らずに返しておけばよかったと少し後悔したが、ここまできたら、もう後へは引けない。

「あんなおかしなもの、さっさと返せばいいのに。おやじったら、変に頑固なところがあって、ほんと、マジありえない」

　遥は、空になったコーヒーカップを学食のテーブルにたたきつけた。友人の真紀子と話しているうちに、またイライラがよみがえってきたからだ。

　小さなころから大事にしていた庭の花を、小学生たちの勝手なお節介でダメにされて、今朝も父親と言い争いになったばかりである。

「小学生なんて、二度とするなって怒鳴りつけてやればいいのよ」

　遥とは対照的に、真紀子はいつもクールだ。

「そんなことしたら大変だよ。今は、下手なことをして親を怒らせたら、先生の首が飛ぶ時代だからね」

　遥の父親は葵小学校の校長である。

　モンスターペアレンツはふとした拍子に現れる。だから、対応には細心の注意を払わなくてはならない。

「そんなものですかねえ」

真紀子は肩をすくめた。

「だいたい、その腕のおもちゃ自体が薄気味悪いの。想像以上に精巧にできていて、真紀子だって実物を見たら、絶対にどん引くと思うよ」

「リアルに腕毛がもじゃもじゃとか？」

真紀子はさも嫌そうに、顔をしかめながら聞いた。

「見た目じゃないんだよねえ……。なんて説明したらいいか……」

遥が腕を組んだとき、

「その話、なんかおもしろそうだな」

いきなり背後から、ある男子の声がしたので振り返ってみた。

今まで一度も話したことはなかったが、遥は彼のことをよく知っていた。

「りょ、涼介くん!?」

それもそのはず。神谷涼介は、この学校で成績ぶっちぎりトップのイケメン男子である。しかもスポーツ万能で、英国育ちの帰国子女ときている。

クラスの違う遥たちは、彼と接点などまるでない。いつも遠くから眺めているだけだ。

「その腕のこと、詳しく聞きたいな」

うわさでは、女子をあまり寄せ付けないとか、とっつきにくい性格だとか聞いていたが、実際の涼介は、空いている席に腰かけると、以前からの友だちみたいに親しげに話しかけてきた。

「わ、わたしに聞いてるんですか？」

遥は動揺しすぎて、ついすっとんきょうな声を出してしまった。

さっきまでざわざわしていた学食の中が静まり返っている。

その理由はすぐにわかった。うわさのイケメン男子を独占する遥たちのテーブルに、女子たちがいっせいに冷たい視線を投げかけていたからだ。

「ごめん、急に声をかけて悪かった」

「悪いなんて、とんでもないです。話します、体重でも、スリーサイズでも、なんでも。わたしがこの子に吐かせます！」

席を立ちかけた涼介に声をかけたのは、遥ではなく、いつもクールなはずの真紀子だった。

「別に、そんなことを教えられても……」

涼介は苦笑しながら、再び腰を下ろした。

引き止め作戦成功だ。でかしたぞ、真紀子。

「そうでした、腕でしたね。ほら腕よ、腕の話」

テーブルの下で、真紀子が膝を使って遥をせっついた。

「ええとですね……」

遥は一度言葉を飲み込んで、頭の中を整理してから話し出した。

「わたしの父親は小学校の教師をしているんですが、いたずらっ子から、やけによくできた腕のおもちゃを取り上げたんです」

「ほお」

涼介は身を乗り出した。

近くで見ても、涼介の顔はほれぼれするほど整っている。そんなに間近で見られると、変に緊張してしまう。

「見た目こそ、人の手とそっくりってわけじゃないんですが、動きがちゃんとしてるし、肘の関節まであって、まるでどこかからもぎ取ってきたみたいで……」

「もしかすると、だれかの義手ってことはないの？」

真紀子が口をはさんだ。

「だったら、すぐに返してるでしょ」

遥は頭をふった。ゴツゴツと機械がむき出しになっていて、人間につなげることができるような代物ではない。

「壊れたロボットのものなんじゃないかな？」

「そう、そうなんですよ。小学生たちはロボットの腕だって言ってました」

遥は激しくうなずいた。

「とにかく、その腕、現物を見てみたいな」

「いいですよ。明日にでも学校に持ってきます」

遥は即答した。

「いや、そうだな……」

しかし、涼介は少し考えてから、

「今日の帰りって、なにか予定ある？」

と聞いた。

「特に、ありませんけど……」

「それなら、放課後に直接その腕を見に行きたいんだけど、どうかな？」

「もしかして、わたしの家に来るってことですか？」

急に言われて、遥はどぎまぎした。

「きみがよかったら、でいいんだけど」

涼介が微笑んだ。

「もちろん、だいじょうぶです！」

うわさのイケメン男子、涼介のお願いを断れるはずがない。

「じゃあ、連絡先を教えるから帰るときに言ってよ。いっしょについていくから」

涼介はそう言うと、制服のポケットから携帯電話を取り出した。それを見た遥は、そそくさと自分の携帯のデータと交換した。

ああ、なんてことだ。まさか、あの涼介の連絡先を、こんなことをきっかけにゲットできるとは……。

「じゃあ、放課後」

涼介はすっと立ち上がると、片手をあげながらさわやかに学食から出ていった。

「なに？　そのにやけ面」

彼の姿が見えなくなるや否や、遥は真紀子に小突かれた。

「その痛みが心地いいよ」

笑って許す遥。勝者の余裕である。

もしかすると、あの腕は幸運の左腕だったのかもしれない。さっきまで散々文句を言ったことを、とても申し訳なく思った。

「親友ってことで、今日はあんたんちに、わたしもついていくからね」

「えええええっ、やだよ。そこは空気を読んでよ～」

二人でキャッキャッとはしゃいでいると、遥は、不意にぞわぞわと寒気が走るのを感じた。

「あっ、んんん」

だれかが咳払いしている。

遥が恐る恐る振り返ると、学食にいるほぼ全ての女子たちが、怒りに満ちた形相でこちらをにらみつけていた。

遥と真紀子は、逃げるようにして学食を飛び出した。

5

マサルとヒロは懲りずに校長の家に向かっていた。

「まいったぜ。校長先生はいつになったら返してくれるんだ」

その道すがら、マサルが前を歩くヒロに愚痴をこぼした。

愛車を洗ったり、番犬をすすめてみたりしたが、校長はなかなかロボットの腕を返してくれなかった。

「こうなったら、ゴマをすり続けるしかないな」

ヒロが言った。

二人が角を曲がると、見慣れた生け垣が見えてきた。

葵町から少し離れた校長の家は、そのあたりでは珍しく、庭のある一軒家だった。

アルミ製の門の前に立つと、ヒロが呼び鈴を押した。

しばらく待って、もう一度ボタンを押してみたが、だれも出る気配がない。

「ごめんください！」

マサルが家に向かって叫んだが、応答はない。

「どうやら留守のようだな」

ヒロが言った。

「どこかに出かけているのかな？」

背の高いマサルが、生け垣から中をのぞき込んだ。

すでに太陽は傾いていて、庭に日は当たっていない。

「じゃあ、先にやらせてもらおうぜ」

ヒロが、ひょいっと門を乗り越えたので、大きなシャベルを担いだマサルもその後に続いた。

今回は、猫が荒らした庭に家庭菜園を作る計画だ。

自分の庭になった季節の野菜を食べれば、校長の機嫌もよくなるだろうと、八百屋の息子、マサルの考えた作戦だ。

「あんたたち、何してるの！」

マサルが庭をシャベルで掘り返していると、制服を着た女子高生が悲鳴を上げながら庭に飛び込んできた。

それから、マサルの持っていたシャベルを素早く奪い取ると、真っ赤な顔をしてにらみつけた。

「何って、ここに家庭菜園を……」

「おまえらなあ」

「リョーカイ！」

女子高生の後ろから顔を出したのは涼介だった。涼介は忘れもの屋のミーおばさんの孫で、悪ガキ7の相談役。リョーカイというのはマリがつけたあだ名だ。

「小学生って聞いて、まさかとは思ったけど、やっぱりおまえらだったのか」

涼介は苦笑いした。

「リョーカイこそ、なんでこんなところにいるんだよ？」

マサルが聞いた。

「この子とおれは同級生なんだ。お節介な小学生に困ってるって聞いたから、様子を見にきたんだよ」

涼介の説明によると、この女子高生は校長の娘で遥というらしい。

「とにかく、もうこういうことはしなくていいから」

遥は、ヒロが持っていた野菜の苗も取り上げた。

「そりゃあ、おれたちだってあの腕さえ返してくれたら、すぐにでもやめるけど……」

ヒロはそう言ってから、しゅんとなった。

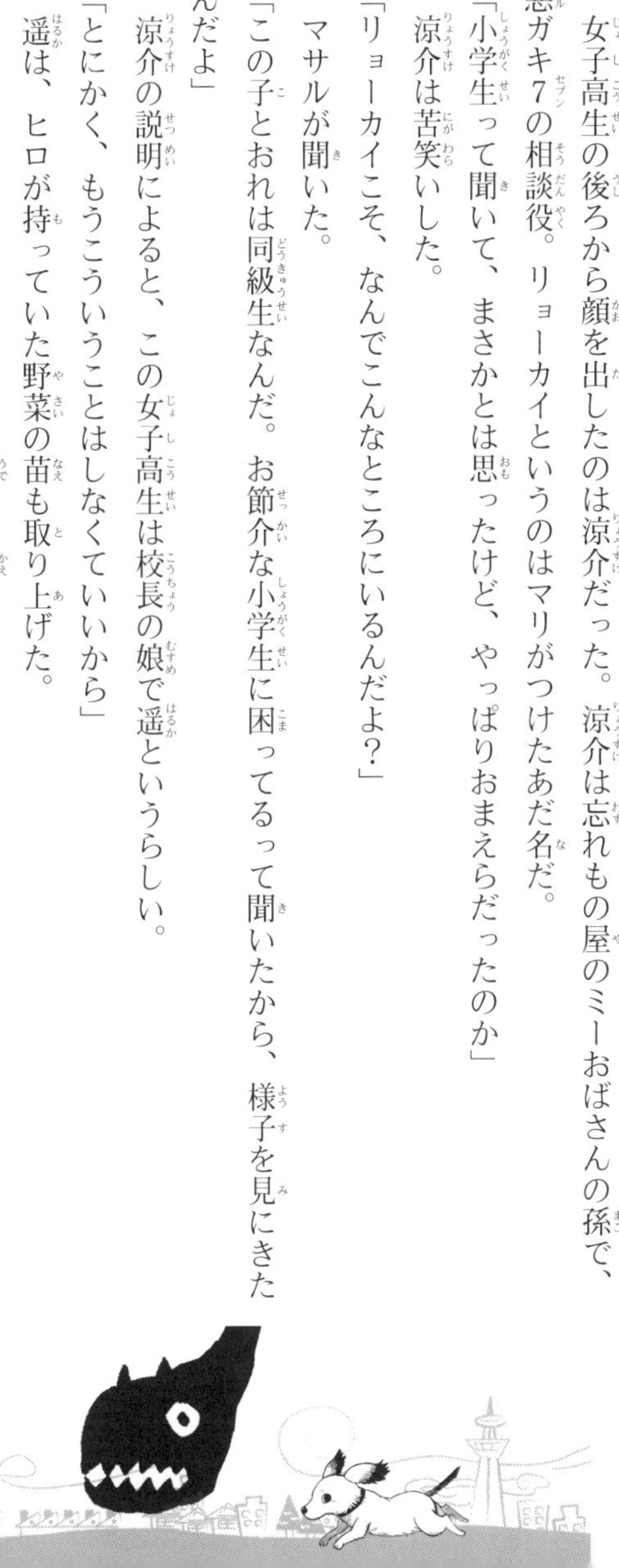

「そういえば、あの腕はどこにあるんだい？　面倒くさいから、こいつらに返してやったらどうかな？」

涼介が遥に進言した。

「こっちも、そうしたいのはやまやまなんですけど、肝心のアレが、なぜか見当たらないんです……」

「校長先生がどっかに持ってっちゃったのか？　それはないよ」

マサルが頰をふくらませると、

「おれたちから取り上げたものだぜ。それを勝手に持ってくってことはないだろう。どこかに隠してるんじゃないか」

ヒロが身を乗り出すようにして、遥の顔を見た。

「もしかしたら、車のトランクかも……」

「なぜそんな場所に？」

涼介が聞いた。

「そういえば昨日、あれはだれかの義手かもしれないから、今度、専門家に見せに行くって言ってました。車で行くはずだから、もう積んであるのかも」

遥はそう答えると、少し離れた月極駐車場にみんなを案内した。

そこには、ヒロたちが数日前に洗車した校長の車が停まっていた。

マサルが駆け寄ってトランクに手をかけたが、当然鍵がかかっているので開かない。

「キーはないの？」

マサルが遥に尋ねた。

「本人が、いつも持ち歩いているから」

「そりゃあ、そうだ」

ヒロが頭を抱えた。

「スペアキーって、自宅に置いてないのかな？」

涼介が聞いた。

「忘れてました！」

すぐに自宅に引き返した遥は、しばらくすると戻ってきた。

「ありました～」

遥はそう言って、涼介にキーを渡した。

「開けていい？」

「もちろんです！」

それは、車の鍵穴にぴたりとはまった。

「これか？」

涼介が車のトランクから取り出したものは、まさに校長に没収されたロボットの左腕だった。

「それ、それ」

ヒロとマサルは、手をたたいて喜んだ。

「お姉さん。これ、持ってっちゃってもかまわないかな？」

ヒロが尋ねると、

「どうぞ、どうぞ」

と、遥は手をひらひらさせた。

「とは言っても、勝手に持ち出したのがバレたら、面倒くさいことになりそうだね。あとで代わりのものを持ってくるよ」

涼介は遥に顔を近づけて、やさしく言った。

さすがに手抜かりがない。遥はもうメロメロだ。

「モテる男はやることが違うな」

ヒロがほめたたえた。

「じゃあ、これでぼくらはいったん失礼するよ。今日はありがとう」

涼介はまだぼーっとしたままの遥に挨拶すると、二人の小学生を連れて校長の家を後にした。

6

念願の腕を取り戻したヒロとマサルは、涼介といっしょに八百正のガレージに向かった。そこには、これまでに集めたロボットの部品が置いてあった。

「でも、あそこにリョーカイがいてくれて助かったよ」

ヒロがしみじみと言った。

「そのことか。実は、ばあちゃんから聞いてたんだよ。おまえらが、ロボットの部品集めをしてるって。そしたら、たまたま学食でそんな話をしてる子がいたから、見せてほしいって言って、ついてきたってわけさ」

「なあんだ、そうだったのか」

ヒロとマサルがそろってうなずいた。

悪ガキたちは、少々自信過剰なところはあるものの、頭脳明晰、スポーツ万能、見た目も抜群のこの高校生を兄のように慕っている。

「これか……」

涼介は、八百正のガレージに着くと、マサルたちが集めた部品の山を見下ろした。

「とりあえず、いま集まってるのはこれだけ」

マサルが涼介の顔を見た。

「へえ～、けっこうあるじゃん。いつの間に見つけたんだ？」

校長の一件以来、ガレージに来ていなかったヒロが感心した。

「それが信じられないことに、昨日ぐらいから、胴体やら足やら、でかいパーツがつぎつぎと忘れもの屋に届けられたんだよ」

「うちの母ちゃんが拾ってきたこの腕といい、あのゲリラ豪雨が川を引っかき回してくれたおかげかもな」

ヒロがうれしそうに笑った。

「でも、こんな風に置いてたんじゃ、何が何だかわからないぞ。もっと、どこが足りないかがわかるように整理した方がいいな」

涼介はいくつかの部品を手に取ると、並べ替え始めた。

黙って見ていてもつまらないので、ヒロとマサルも見よう見まねで手伝ってみた。すると、だんだんパズルをするみたいにおもしろくなってきた。

しばらく続けていると、ロボットの全体像がなんとなく見えてきた。

「肝心な頭が、まだないみたいだな」

涼介が、作業をしながらつぶやいた。

「それならあるよ。ちゃんと別の場所に保管してあるんだ。めちゃくちゃ頭が良くて高性能なんだぜ」

ヒロは自慢気に言った。

「じゃあ、それも見せてくれ」

涼介は作業の手を止めると、顔を上げて言った。

「ダメ～」

「おい。なんの嫌がらせだ？」

涼介は苦笑いした。

「リョーカイは見かけによらず頭がいいし器用だから、これを直すのを手伝ってくれない？そしたら考えないでもないよ」

ヒロは涼介に交換条件をだした。

「別にかまわないぞ。いい暇つぶしになりそうだ」

「やった！」

涼介が二つ返事だったので、ヒロとマサルはハイタッチして喜んだ。

「それより、そろそろ校長先生が帰ってくるかもしれない。今から家に戻って、もう一回あそこに行ってくる。直すのは明日にしよう」

涼介はそう言うと、小走りに立ち去った。

「ああ、あの腕のダミーのことか。おれ、もう忘れてたよ」

「何を代わりにするつもりなんだろうな」

ヒロが首を傾げた。

次の日の朝、身支度を整えた校長は、

「まだ、あの子どもたちは来てるのか？」

と、居間ですれ違った娘の遥に尋ねた。

「もう来てないと思うけど、知らない」

遥は素っ気なく答えた。

さすがにあきらめたか……。

校長は玄関を出ると、車を停めてある駐車場へ向かった。

そろそろ返してやるか。

校長は車のトランクを開けて中を確認した。

そこには汚い腕のようなものが入っていた。

ん？　こんなのだったか……。

少し違う気もする。

「まあいい」

校長は考えるのをやめ、バタンとトランクをしめた。

涼介が忘れもの屋で調達した、壊れたマネキンの腕を乗せて、校長の車は葵小学校へと出発した。

第5章
長寿庵を守れ

1

八百正のガレージに、涼介、マサル、ヒロ、ケンタ、二郎、そして、やっと病気がなおったヤスオ、女子ではユリだけが集まった。

涼介の手際がよかったことと、肝心な部品がほぼ無事だったおかげで、ロボットの体はなんとか組み上がった。

「まずは試運転だ。電源を入れてみよう」

涼介が、ロボットから出ているプラグをガレージのコンセントに差し込んだ。

ピーピーピーピーッと、かすかな音が聞こえる。

それから、ぶるっと振動したロボットは、想像以上の速さで立ち上がった。

「おお」

みんなが思わず声をもらした。

ロボットは、ガシャン、ガシャンと足踏みしながら、何かを確認するかのように体を左右に振りながら歩き始めた。

そして、ある方向を向いて足を止めた。

「またおれ？」

ロックオンされたヤスオは急いで涼介の後ろに隠れたが、ロボットがすぐに回りこんできた。

「やばいって。早くコンセントを抜いたほうがいいよ」

ヤスオは警戒している。

「マサル、このロボットがおまえの家の軽トラにはね飛ばされる前、ロボットは何しようとしてた？」

涼介がマサルに聞いた。

「たしか……、ヤスオの前にいて……」

「おれにズボンを返そうとしてたんだよ！」

ヤスオが、近づいて来るロボットを避けながら言った。

「そうか。それならロボットは、まだヤスオにズボンを返そうとしているんだ。前回、強制的にシャットダウンされたんで、最後のプログラムが残っているんだろう」

涼介が予想した。

「でもこいつ、いまは何も持ってないんですけど……」

ヤスオが気味悪そうに言ったとき、いきなりロボットにわしづかみにされて、高々と持ち上げられた。

ヤスオはそのままの位置で逆さまにされると、あっという間にはいていたズボンをはぎ取ら

れてしまった。

すぐに解放されたが、この一瞬の出来事に、ヤスオは言葉を失ってコンクリートの地べたにへたり込んでしまった。

ロボットは、ピーピーピーピーッと、どこかうれしそうな音を鳴らすと、今度はヤスオに自らの腕を突き出した。手にははぎ取られたばかりのズボンが握られている。

「いったい、なんだってんだよ！」

「多分、ヤスオに渡すものがないから、手っ取り早く調達したんだろ」

涼介が勝手に推測した。

「えーっ……？」

「いいから、それを受け取れ」

ヤスオは恐る恐る、涼介の言うとおりにした。

プシュー。

ロボットはすっと動きを止めた。

「気が済んだみたいだな」

涼介に言われて、ヤスオはほっと息をついた。

ガシャン、ガシャン。

すると、すぐに向きを変えたロボットが、ガレージの外に向かいはじめた。

ケーブルが足りなくなって、プラグがコンセントから外れたが、ロボットは歩き続けている。

「電源が抜けてるのに、どうなってるんだ？」

ヤスオは首をひねった。

「バッテリーがまだ残っていたんだろう」

涼介が冷静に分析した。

「町に出てっちゃったら、また前みたいに大騒ぎになるよ。みんなで止めよう」

ユリが焦って言ったが、

「いやまだだ。こいつがどこに向かっているのか興味がある」

涼介にその気はないようだ。

ロボットが路地に出たので、子どもたちもそれを追いかけた。

「サムのところに向かっているのかもな」

マサルが予想したが、

「それなら、方向が違うんじゃない」

二郎は否定した。

サムは今、大川端マンションの二郎の家に置いてある。ロボットは、それとは真逆の方向に進んでいる。

子どもたちがロボットについていくと、やがて、あのつぶれた町工場が見えてきた。

「あっ、いつの間に……」

壊れていたはずの扉に鎖が巻かれ、南京錠で鍵がかけられているのを見て、ケンタが思わずつぶやいた。

工場に到着したロボットは、南京錠を引きちぎると、扉をたたき壊して勝手に中へ入っていった。

「止めないと、さすがに危険だよ」

「離れていれば、だいじょうぶだ。あと少しだけ様子を見よう……」

ユリが注意を促したが、涼介は、まだ動きを見守るつもりのようだ。

そのとき、ずっと歩き続けてきたロボットが、工場の一番奥の壁の前で止まった。

「たしか、あそこに隠し扉みたいなのがあるんだ」

ヤスオが言った。

「中には何があるんだ？」

涼介が振り返って聞いた。

「開けられなかったんだ。だから知らないよ」

ヤスオの答えに失望したのか、みんながいっせいに大きなため息をついた。

「ロボットが消えた！」

不意に、ヒロが叫んだ。

「そんなはずないだろ」

涼介はそう言うと、すぐに工場内に飛び込んで奥まで見渡したが、どこにもロボットの姿はなかった。

みんな、ヤスオの話に気を取られて、ロボットの方を見ていなかったようだ。

「現れた時も突然だったんだ。いったいこの工場、どうなっているんだろ？」

ヤスオは首をひねった。

それから、子どもたちも工場の中に入ると、思い思いに怪しい場所がないかたしかめた。

マサルは、ヤスオの言う隠し扉のあたりをたたいてみた。他の壁とは明らかに音が違う。

「やっぱり、ここだな」

ここに何かがあるのは間違いなさそうだ。

「あれを押すんじゃないの？」

ユリが、天井からぶら下がっているスイッチを見つけて言った。

「そのスイッチなら、この前、ここに入った時に押してみたけど、隠し扉は開かなかったぜ」

ヤスオは、試しにもう一度ボタンを押してみたが、結果は以前と変わらなかった。

「でも、ここで何かが動いているような音がしてるよ」

二郎が隠し扉に耳をつけて言った。

「こじ開けてみるか」

涼介が、工場の片隅に放置してあった工具箱から長くて太い、頑丈そうなバールを引っ張り出した。

扉のすき間にバールをねじ込み、マサルと二人で力をかけた。

バキッ！

何かが外れる音がして、扉がすっと開いた。

「なんだ？　この部屋は」

隠し扉の奥は何もない小部屋だった。

「いや。これは、荷物用のエレベーターだ」

拍子抜けしている子どもたちに、中に入って確認していた涼介が言った。

部屋だとしたら小さいが、エレベーターなら大型である。

「ってことは、さっきの音は……？」

ヤスオが聞いた。

「そう。あのスイッチで、このエレベーターを上下に操作するみたいだぜ」

「じゃあ、下に何かあるってこと？」

マサルが目を輝かせると、涼介は大きくうなずいた。

「ここの社長って、こっそりロボットを作っていたそうだよ。だから多分、その秘密工場か何かがあるんじゃないかな」

二郎がぼそっと言ったので、

「なんで、そんなこと知ってるんだ？」

ヒロが目を白黒させて聞いた。

「サムが元従業員から聞き出したんだ」

自分も証人だとばかりに、ケンタが二郎より先に答えた。

「サムっていうのは、例のロボットの頭のことだよな？」

涼介が聞くと、子どもたちがいっせいにうなずいた。

「だったら、そのサムにもたしかめてもらおう。約束どおり、体の修理をしたんだ。そろそろ会わせてくれてもいいだろ？」

「もちろん。二郎、サムをここに持ってきてくれないか」

涼介がヒロの顔を見た。

「うん、了解」

ヒロに言われた二郎は、すぐに路地へと姿を消した。

「下に降りるのは、二郎が戻ってからだ」

涼介が言った。

みんな、二郎とサムが到着するのが待ち遠しかった。

2

「ユリったら、学校から帰ってくるなり、どこに行ったと思う？」

どんぐり広場のベンチで、マリがサキの顔を横目で見ながら聞いた。

「マサルの家のガレージでしょ？」

「あたりー」

マリはあきれたように、無表情で言った。

「今日、学校でマサルとヒロが大騒ぎしてたもん。ロボットのパーツがだいぶそろったから、みんな集合、って」

「サキはよかったの？」

「わたしは行かないよ」

「そうだよね。あいつは、わたしやマサルのお父さんを川に放り投げるような乱暴なロボットなのよ。それなのに、なんでみんなは直そうなんて思うんだろ」

マリは病み上がりの体で川に浸かったため、風邪をぶり返してしまい、まだ学校を休んでいる。

「みんな、サムにいかれちゃってるのよ」

サキが自分の頭を指差して言った。

「だけど、そんなに簡単に直せるとは思えないけど……」

「それが、リョーカイまで手伝うことになったらしいよ」

「へえー。手回しのいいこと」

マリが感心した。

「そのうち、また暴れ出すかもね」

サキが言うと、マリが苦虫をかみつぶしたような顔をして首を振った。

「そう言えばさ、この前、川でいなくなった大男いたじゃん」

マリが小声になった。

「あのテロリストかも、って言ってた外国人でしょ」

サキは、うなずきながら顔を寄せた。

「どうやら道端で倒れていたところを助けられたみたいだよ」

「それは良かったね。で、どこの病院にいるの？」

「それがさ、大福寺の離れで看病されているらしいんだ」

「大福寺？　それ、すごい情報じゃない！」

サキは思わず立ち上がった。

「だから、わたし思ったんだ。病気でうなされているうちに、あの男からいろんな情報を聞き出してテロリストだという証拠をつかめないかなって」

「それで、警察につきだしちゃうのね？」

「うん。普通の病院だったら無理だけど、大福寺だったら、わたしたちでもできそうじゃない？」

「いいね。やろう、やろう」

サキがそう答えるが早いか、二人はもう大福寺に向かって走り出していた。

大福寺は江戸時代から続く、古いお寺である。

マリたちが大福寺の山門をくぐって境内に入ると、顔見知りのおばあさんたちが、木陰で井戸端会議をしていた。

「大福寺の離れに、外国人が担ぎ込まれたって聞いたんですけど、本当ですか？」

マリはおばあさんたちに近づくと、単刀直入に聞いてみた。

「そうみたいだよ」

「インフルエンザで道に倒れてたんだって」

「怖いわね」

おばあさんたちは顔を見合わせた。

「なんで病院に入院させないんですか？」

サキがたずねた。

「その人を見つけたのが、たまたま和尚さんと幼なじみのお医者さんで、お金もなさそうだから、病院に連れていくより、ここに置いてやってくれって預けていったそうだよ」

「でも、和尚さんが病気を診てあげることはできませんよね？」

マリが聞いた。

「だいじょうぶ。そのお医者さんが、その人の様子を診に、毎日お寺に通っているそうだから。世の中にはいい人って本当にいるものだね」

まわりのおばあさんたちも、うんうんとうなずいている。

「その人の身元はわかってるんですか？」

マリが突っ込んだ質問をした。

「身元？」

「たとえば、名前とか」

「わたしは知らないけど、あなた、聞いてる？」

一人のおばあさんが、となりのおばあさんに話を振った。

「たしか……、ビルじゃなかったかしら」

「いいえ。わたしはリチャードだって聞いたわよ」

ここへきて、おばあさんたちの会話が混乱しはじめた。

「多分その人、偽名を使ってるね」

おばあさんたちから少し離れると、サキがマリの耳元でささやいた。

「ますます怪しくなってきたね」

マリは腕まくりした。

3

『サムの体が見つかったって?』

町工場の奥で発見された隠しエレベーターの前に、二郎に抱えられたサムがようやく到着した。

「それが、見失ってしまったんだけど……」

二郎は、口を開けたままのエレベーターをサムに見せた。

『ふーん、じゃあ降りてみようよ』

と、サムは一言だけ答えると、黙ってしまった。

いったい地下には何があるのか、みんな興味津々だった。

しかし、もしものことを考えて、ヒロとヤスオとケンタはその場に残り、マサルと涼介、サムを抱えた二郎とユリの四人が下に降りてみることにした。

内側から扉を閉めると、エレベーターは自動で降り始め、チーンと鳴ってすぐに地下に到着した。

すっと扉が開くと、そこは真っ暗だった。

よくは見えないが、かなり広いスペースにさまざまな機械が入り口付近まで足の踏み場もないほど押し込まれているようだ。

「どこかに照明のスイッチはないか？」

涼介が言うと、

『じゃあ、サムが照らすよ』

サム自身が光を発した。すると目の前に、みんなの力で直した、あのロボットが立っていることがわかった。

「わっ！」

ユリが少し驚いていると、

「あった、あった」

マサルがうれしそうにロボットに駆け寄り、

「ちょっと壊れちゃってるけど、これだろ？　サムの体って」

と、サムに尋ねた。

『冗談じゃないよ。そんなのをサムといっしょにしないでくれよ』

「頭がないから、そうだと思い込んでいたんだけど、違うのか？」

マサルは慌てて聞き返した。

『まったく違うよ。そいつはスージーっていうんだ』

「スージー？」

『スージーには何も入ってない、すっからかんのウサギの頭が付いていたはずだけど、取れちゃったみたいだね』

「じゃあ、このスージーはサムとは別のロボットなの？」

ユリが聞いた。

『そうだよ。スージーはこの工場で最初に作られたロボットなんだ。だから、なにかと問題があってね』

「問題って、どんな？」

『馬鹿力はあるけど、同じことを何度も繰り返すことしかできないんだ。まったくもって失敗作のおバカロボットだよ』

おバカロボット……。

マリとヤスオに降りかかった災難を思い出して、ユリは苦笑いした。

「それじゃあ、小高社長が作ってたっていうスーパーロボットは……」

二郎がつぶやいた。

『小高社長が作っていたのは、その後ろだよ』

サムが自分自身をいっそうまぶしく輝かせると、スージーの背後に、なにやら大きな別の影が映し出された。

「部屋の明かりを点けるぞ」

強い光で、やっと照明のスイッチを見つけた涼介が言った。

そこでみんなが目にしたのは、天井のフレームから、部屋全体を覆いかくすように四つんばいにつり下げられた、大きな人型のロボットだった。

床に接している手のひらだけでも、一メートルくらいはありそうだ。

「すげえ！」

涼介の声も、さすがにうわずっている。

完成前に会社が倒産してしまったためか、塗装はほとんどされておらず、素材がむき出しになっている。だが、そのことがかえって、ロボットの迫力を増しているようにも思える。

『きみたち、よく見つけ出してくれたね』

サムは全体をピカピカ光らせると、『ありがとう』、『サンキュー』など、お礼の言葉を次々と画面に表示させて、最大級の喜びを表現した。

「こんなもの作ってたら、そりゃあ、会社も傾くよ」

二郎は大きなため息をついた。

「これ、頭はどこなのよ。そこも未完成ってこと？」

ユリが指摘したとおり、この巨大な人型ロボットにも頭らしいものは付いていなかった。

『だって頭は、このサムだもん。他のものがついてたらおかしいでしょ』

「ってことは、サムがずっと捜してた体って、これのことだったの？」

二郎が聞くと、サムが画面に大きく、『ＹＥＳ』と表示した。

よく見ると、大型ロボットの胸の部分に、ちょうどサムが収まりそうなサイズの穴がある。

「もしかして、あの穴が？」

ユリが聞いた。

『そう。あそこ』

「この大きな体にサムの頭じゃ、バランスが変じゃない？」

例えて言うなら、人間の体にピンポン玉の頭がついているような感じである。

『それなら、だいじょうぶ。今からみんなに見せてあげるよ』

「待ってました」

マサルが手をたたいて喜んだ。

「まさか、サムがこれを動かすの？」

二郎は天井から覆いかぶさる大型ロボットを見上げた。

『もちろん。だれかサムを、その胸にあるくぼみに設置してくれないかな？』

「お安いご用だ」

マサルが丸太のような腕をよじ登って、その重機みたいに大きな体に空いた穴までサムを運ぶと、首のパーツが穴に向かってすっとのびて、吸盤みたいにがっちり張り付いた。

サムは一瞬ビクッと震え、頭を振った。

『さあ、これでOK』

ブルン、ブルンと、大型トラックがエンジンをふかすような音が部屋じゅうに響き渡った。

すると、胸のあたりから噴き出した白い蒸気が、一気にサムの頭を取り囲んだ。

直後に、サムがはまっている場所がまぶしく発光すると、噴き出し続けているその蒸気の中に、プロジェクションマッピングのようにホログラムの大きな顔が浮かび上がった。

『どうだい？　イカスだろ？』

その迫力に、みんなは開いた口がふさがらない。

『じゃあみんな、もう用が済んだから帰っていいよ』

さっきまでの喜びようはどこへやら。体を手に入れると、サムの態度が明らかに冷たくなった。

「えっ？」

二郎は言葉を失い、今にも泣き出しそうだ。

『これからサムは忙しいんだよ。どうしてもやらなきゃならないことがあるんだ』

サムがそう言いながら、自分のものになった巨大な足を動かすと、それを床に固定していた頑丈そうな金具が、いとも簡単に弾けとんだ。

これはどう見ても、ただごとではない雰囲気だ。

「差し支えなければ、そのやらなきゃいけないことが何なのか、教えてくれないか？」

いち早くそれを察知した涼介が尋ねた。

『いいよ。サムがやらなきゃならないのはね……、長寿庵の破壊だよ！』

サムはそう言うと、地響きのような爆音とともに腰を上げた。

「長寿庵って、そば屋の長寿庵のことか？」

サムの答えが信じられず、涼介がもう一度たしかめた。

『そうだよ』

どうやら間違いではないようだ。

「なんでうちなのよ～」

なぜサムが長寿庵に恨みを持ったのか、ユリにはまったく見当がつかない。

サムは立ち上がろうとしたが、途中で天井につっかかってしまった。

『じゃまだなあ』

サムが大きな拳を天井に向かってガンガン振り上げたので、はがれかけた壁の一部や鉄くずなど、いろんなものがユリたちの頭の上にガラガラと降ってきた。

「ここにいたら危ない。とりあえず逃げるぞ」

涼介に促されて、ユリ、マサル、二郎がエレベーターに跳び乗った。

「早く閉まれって！」

扉に向かって、マサルが叫んだ。

エレベーターが上に着くまでに二分もかからなかったが、ユリたちにはもっと長く感じた。

「さっきからすごい音がしてるけど、いったい下で何が起こってるんだ？」

ユリたちの顔が見えた途端、上で待機していたヤスオが駆け寄ってきた。

ドン、ドン！

下から突き上げるような衝撃音が聞こえる。それにあわせて、工場全体が大きく揺れている。

「ぐずぐずするな。外へ出るぞ！」

涼介がヤスオのシャツを引っ張りながら言った。

それに続いて、みんなも工場から転げ出た。と同時に、一階の床が崩れ落ち、そこから巨大な腕がつき出した。

『長寿庵があるせいで、困っている人がいるんだ』

地下からはい上がったサムは、そのままの勢いで工場の屋根を突き破った。

『待ってろ。長寿庵！』

立ち上がったサムは、五メートル以上あった。

「でかすぎる！」

ヒロは開いた口がふさがらない。

サムはゴリラのようなスタイルで、長い腕を地面につけて歩き始めると、一部の町並みを蹴散らしながら、狭い路地を一直線に進んでいく。

方向からしても、長寿庵へ向かっているのは間違いない。

みんなはなんとか無事であったが、もう手をこまねいてるしかないのか……。

「あんなのがうちを襲ったら、ひとたまりもないよ～」

ユリは頭を抱えた。

4

大福寺の離れは裏庭にある。

何か月か前、老人ホームの千鳥荘で火事があり、焼け出されたお年寄りたちが仮住まいしていたころは、マリたちもちょくちょく顔を出していたので、自分の家と変わらないくらい、大福寺のことなら知っている。

マリとサキが離れに忍び込んで、そっと障子を開けて中をのぞき込むと、部屋の真ん中にぽつんと布団が敷いてあり、だれかがそこで眠っていた。

「きっと、あいつだよ」

マリはサキに耳打ちしてから、忍び足でターゲットに近づいた。

枕元まで行くと、うわ言のようなことを言っているのがわかった。

まだ熱があるのかもしれない。かなり具合が悪そうだ。

「なんか、サムって言ってない……？」

マリに続いて枕元までやってきたサキが、聞き耳を立てた。

「サムって、あのサム？」

マリの頭の中を、これまでのいろんな出来事が駆け巡った。

「……まさかね」

マリは、そう言って自己解決すると、

「おい、起きろ。このテロリスト」

人差し指で男の肩を小突いてみた。だが、うなされているだけだ。

「やばい計画があるなら、今のうちに吐いた方が身のためよ」

今度は耳元でささやいてみたが、やはり反応がない。

「多分、あまり日本語が通じないいんだよ。川で呼びかけた時もそうだったじゃん」

サキが思い出したように言った。

「そんなこと言われたって、どこの国の人かもわからないし……」

話が通じないいんじゃ、尋問どころではない。

マリはどうしたらいいかわからず、焦った。

「とりあえず、まずは英語で聞いてみたら？」

サキが言った。

「何て？」

「アーユーテロリスト？　とか？」

「ストレートすぎるよ」

二人は言い合っているうちに、ふきだしてしまった。

「まいったなあ、難しい英語はわからないし」

「リョーカイに、もっとしっかり教えてもらっとけばよかったな」

サキは途方にくれてしまった。

「ん？　それなら、リョーカイをここに連れてこようよ」

マリが目を輝かせた。

「ダメダメ。今ごろ、ロボットの修理中だよ」

「あんなロボットなんて修理する必要ないよ。それより、こっちの方がどれだけ大事だと……」

「喝！」

不意に、背後からだれかの叫び声が聞こえたので、マリたちは口から心臓が飛び出すかと思うほど驚いた。

「ワッツ？」

さっきからずっとうなされていた外国人も、さすがに目を覚ましたようだ。

マリとサキが、恐る恐る声のした方を振り返ると、おっかない形相の和尚さんが仁王立ちしていた。

「おまえたち、病人の枕元で何を騒いでおる？」

騒いだのはどっちだと言いたいところをおさえて、

「実はですね～、この人、テロリストの疑いがあるんですよ。和尚さん、知ってました？」

マリが外国人を指差しながら言った。

「なにをバカなことを……」

和尚さんはにべもない。

「バカだなんて言いますけど、この人、そこらじゅうで偽名を使っているんですよ。そんな人が信用できますか？」

「何かとんでもないことをしでかしてからじゃ、遅いんですからね」

マリに続いてサキが言うと、

「身元ならはっきりしておる」

和尚さんから意外な答えが返ってきた。

「この人はな、おまえたちでも知っておる、かなりの有名人じゃよ」

「えっ、だれ？」

改めて顔を見たが、マリにはわからない。

「ああっ！」

突然、サキが大声をあげた。

「ひげがあるからわかりにくいけど、ほらあの、コーヒーのＣＭに出てる」

「ええっ？　CMに出てる外国人っていったら、相当なもんだよ」

マリはまだピンときていないようだ。

「だって、ハリウッド映画でよく見る人だもん。だれだっけな〜」

「だから、そのハリウッドスターのティム・エドワードさんじゃよ」

和尚さんが待ちきれずに答えを言った。

「いやいやいやいや。ハリウッドスターがうちの店に、毎週のようにそばを食べにくるわけがないって。そっくりさんかだれかじゃないんですか？」

一瞬の沈黙の後、マリが両手を振って否定した。

「信じられんのも無理はないが、ティムさんは本物じゃよ」

「じゃあ、なんでこんなところにいるんですか？」

「わしも今しがた聞いたところなんじゃが、ティムさんはロボット作りが趣味でな、この近くの腕のいい町工場に頼んで作らせておったそうなんじゃ。それで、自家用ジェットを使って、何度もお忍びで来日している間に、たまたま入った長寿庵のそばを気に入ってしまってな。今じゃ、週に一回は通ってるそうじゃよ」

「これは、間違いなさそうだね」

サキが言うと、マリもやっと理解できたようで静かにうなずいた。

「それにしてもこの人、個人でロボット作らせてるって、どれだけお金を持ってるの？」

マリが言うと、

「そんな世界的なセレブを、こんな所に置いておいてだいじょうぶなんですか?」

サキが聞いた。

「わしもそう思ったんじゃが、事情があってここを離れるわけにいかないってティムさんが言うもんじゃから、ついな」

和尚さんは照れたように、ハゲ頭をかいた。

見かけによらず和尚さんもミーハーだ。

「離れられないってことは、ここに何かがあるんですね?」

「ティムさんは、このあたりのどこかに、なくしてしまったお気に入りのロボットが必ずいるはずと思ってずっと捜していたんじゃが、まだ見つからないようなんじゃ。そのロボットの名前はたしか……」

「サム!」

マリとサキは声を合わせた。

「そうそう、そんな名前じゃ」

「サムなら、わたし、どこにあるか知ってますよ」

サキが言った。

「それは本当デスカ!」

もうろうとしていたティムが、いきなりゾンビみたいに起き上がった。

「丸いボールみたいなやつですよね？」

「イエス、そうデス」

ありがたいことに、ティムは結構、日本語がわかっているようだ。

「だったら、今も友だちの家にあると思いますよ」

「オー、サンキュー。よかったデス」

ティムはそれを聞いて安心したのか、再び、布団にばったりと倒れ込んだ。

そのとき、和尚さんの携帯電話が鳴った。

和尚さんはしばらく話して電話を切ると、深刻な表情をして寝ているティムを揺り起こした。

「どうしました？」

「悪いんじゃが、ティムさん。どうやら、あんたが捜していたロボットが町で暴れているようなんじゃ」

マリはすぐに障子を開けてみたが、大福寺からでは、さすがに何も見えない。

「なんでも、そのロボットの目的地は長寿庵らしい」

「うち？」

「きっと、ティムさんがいると思って向かってるんだよ」

びっくりしているマリに、サキが言った。

「残念ながら、そうではないデス。おそらく、サムの目的は長寿庵の破壊デス」

「えっ、なんで破壊するの？」

マリはぎょっとした。

「わたしが長寿庵のおそばに恋しすぎて、うかつなことを言ってしまったのが原因だと思いマス」

「どういうこと？」

マリが聞くと、ティムが話し始めた。


最先端の技術を集めた高性能なロボットを作りたかったティムは、世界各国のラボや研究者に莫大な資金援助をすることによって、人型ロボットのサムを開発した。

このサムに、もっと軽くて立派な体がほしい。ティムは常々そう思っていた。

そんな折、ついに日本の下町で、オンリーワンの技術を持つ町工場を見つけると、すぐに資本を投入し、新しいボディの開発を依頼した。

ティムがはじめて長寿庵ののれんをくぐったのは、その工場に進行状況の確認に行った帰りのことだった。

「こんなにおいしいもの、食べたことないデス」

一度に長寿庵のそばのとりこになってしまったティムは、帰国後、アメリカにあるそば屋を何軒かまわってみたが、どれもピンとこなかった。

一流シェフを呼んで、同じようなそばを作らせてみたがどこかが違う。

一週間後には、その味をもう一度たしかめるため、自家用ジェットで日本にとんぼ返りしていた。

日本に着いたティムは他のそば屋にも入ってみて、一つの結論にたどり着いた。味もさることながら、長寿庵のこの古びた店の雰囲気もすべてふくめてティムの心に響いたのだと。

さっそくティムは、ハリウッドの一流スタッフを招集し、自宅に長寿庵のセットを組み上げてもらった。しかし、見た目こそ長寿庵とそっくりだったが、風土の違うアメリカでは、建物がかもし出す湿気やにおいがまったく違う。

切羽詰まったティムは、

「長寿庵のなんと憎らしいことか」

「長寿庵を知らなかったころの自分に戻りたい」

「長寿庵の存在をなかったことにできないものか」

などと、本心と裏腹なことをサムの前でつぶやいてしまった。

サムはその日のうちに、「ティムの悩みの元をなくしてあげる」という書き置きを残して、アメリカにあるティムの自宅から姿を消した。

当初、サムは等身大の人型ボディを装着していたので、自分の意思で自由に行動できた。ティムが書き置きに気付いたころには、サムはすでにアメリカを出国していた。

自分で自由にできるお金を持っているサムには、自分自身を荷物として日本へ送ることくらい造作もないことだ。

日本に渡ったのではないかという報告を受け、焦ったティムは、サムが長寿庵に何かする前に取り押さえるよう、急遽その道のプロたちを雇って、葵町に派遣した。

ほどなくして、サム捕獲の連絡が入った。

しかし、ティムの元に届いたのは、半壊した人型ボディとただの白いボールだった。どこで入れ替わったのか、肝心な頭部は送られてこなかった。

居ても立ってもいられなくなったティムは単身来日すると、その足で葵町へ向かい、サムの足取りを追った。

だが、その日は運悪く、ゲリラ豪雨が発生し、気付いたらお寺で看病されていたという。


「これで、いろんなことがつながったね」

「うん。うそつき少年が見たのは、体があった時のサムが捕獲されるところだったんだ」

マリとサキが顔を見合わせた。

「町工場っていうのも、小高金属加工のことでしょ?」

「あんなに小さな会社が、そんなにすごい技術を持っていたなんてね」

サキが感心した。

「でもさ、そうだとすると、わたしとヤスオを追いかけ回したロボットは……」

「サムの新しい体？」

「……ってことになるよね？」

マリはあの日のことを思い出そうと、目を閉じた。

「あれなら、八百正の軽トラックにはねとばされて、目下修理中のはず」

「でも、いま暴れてるってことは……」

「修理できたってことだよね」

「うーん。いくらリョーカイがいたとしても、相手はスーパーロボットだよ。そんなに簡単に直せるとは思えないんだけど」

マリが首をひねった。

「だから、サムがあの町工場で新しいボディを手に入れたとすれば、目的地は長寿庵しかないのデス！」

突然、ティムが叫んだ。

「そんな迷惑な！」

マリも言い返したが、ティムの言葉が事実なら、もたもたしている暇はない。

「おねがいしマス。わたしを長寿庵まで連れていってください」

ティムはふらふらしながらも、なんとか膝をついて立ち上がろうとしている。

「でも、その体じゃあ……」

「サムは直接、人を傷つけることができないようにプログラムされていマス。わたしがサムの前に立ちふさがって、あんなことを言ってしまった理由を話せば、長寿庵を壊すことはないはずデス」

そうは言っても、百九十センチはありそうなティムを、小柄な和尚さんと、小学生の女子二人で運べるはずもない。

「わたしは先に行って、なんとか時間稼ぎしてみる。サキは、老人ホームに車いすがあるはずだから、それを借りて、和尚さんといっしょにティムさんを乗せて、家まで連れてきて」

サキの返事を待たずに、マリは大福寺を飛び出していった。

5

歩みはゆっくりだが、サムは着実に長寿庵に近づいていた。

通り道の住人には、子どもたちが手分けして声をかけ、事前に避難してもらった。

「サム、理由はわからないけど、破壊なんてしちゃいけないよ！」

二郎が並走しながら大声で説得を試みたが、サムはまったく耳を貸さない。それどころか、そのまま川岸まで突っ切ると、バラバラになった民家の瓦を路地にまき散らした。

いよいよ、サムが長寿庵の目の前までやってきた。

そのとき、八百正の軽トラックが、路地から猛スピードで飛び出してきた。

「もう一回バラバラにしてやるよ！　それっ！」

威勢のいい掛け声とともに、軽トラックはサムの丸太みたいな右足に激突した。

不意をつかれたサムはバランスをくずして、川へすべり落ちていった。

「やったぜ、母ちゃん！」

マサルが手をたたいて喜んだのもつかの間、

『この車、うるさいなあ』

サムは川の中であっさり立ち上がると、その長い手で軽トラックをむんずとつかんで、ゴロンとひっくり返した。タイヤだけが空回りして、うなりを上げている。

「母ちゃん！」

マサルが思わず声を上げた。

危険を感じたマサルの母親は、すぐに扉を開けて車の外へ逃げ出した。すると、サムは無人になった軽トラックに手をのばし、カッパ池に放り投げてしまった。

もう止められる者はいないのか。このままでは、百年続いた長寿庵の運命も風前の灯だ。

悪ガキたちが半ばあきらめかけていたとき、橋の向こうから、こちらにかけてくるマリの姿が見えた。

マリはそのまま「長寿庵」と書かれた立て看板を踏み台にして、お店の屋根に飛び移った。

「マリ！　そんなとこにいたら危ないって！」

ユリの悲鳴にも似た声が響きわたった。

『そうそう。そんなところにいて、ケガしても知らないよ』

サムは拳を天高く振り上げた。

「うああ……」

住人たちが息をのんだ。

ところが、サムは一向に拳を振り下ろす気配がない。

「聞いてるよ。あんたは直接、人を傷つけられないんだって」

マリはニヤリと笑うと、屋根の上で大の字になった。

『ティムに聞いたな～』

ホログラムの大きな頭を真っ赤にピカピカ光らせて怒りをあらわにするサムに、マリはアッカンベーをして、さらに挑発した。

『だったらいいもん。下からいくから』

サムは振り上げた腕をいったん戻した。今度は、下から長寿庵を横殴りにして破壊するつもりなのだろう。

「そうはさせねえぞ」

サムに殴らせまいと、マリの父親が長寿庵の入り口に立ちはだかった。

「お父さん！」

「娘にだけ、いいかっこはさせられねえ」

職人気質のマリの父親が、店ののれんを広げて大見得を切った。

「父ちゃんの言うとおりだ。おとといきやがれ！」

続いてやってきたマリの母親が、サムめがけて塩を投げつけると、ぴたりと父親の横に寄り添った。

「うちの店を壊させないよ」

それを見て、すぐさまユリも駆けつけた。

「そうだ、そうだ！」

マサル、ヒロ、ケンタに二郎、町の住人や常連客までが長寿庵を取り囲んだ。

「みんな、ありがとう！」

屋根の上からマリが声をかけた。

『もう～、これじゃあ一人ずつ引っぺがすしかないよ～』

常連客の一人がサムにつままれ、川に投げ捨てられた。

みんなは互いに腕を組んで引きはがされまいとしたが、つながっていると、逆に一気に何人も持っていかれそうになる。

「このままじゃ、まずいよ」

ケンタが弱音を吐いた。

そのとき、

「まて、まて、まて～」

どこからか、ヤスオの声がした。

路地の角から、スージーに肩車されたヤスオがパンツ一丁で姿をあらわした。

竹ざおの端に自分のズボンをつり下げ、にんじんを鼻先にぶら下げてロバを操る要領で、こちらに向かって走ってくる。

「マサル、これを使え！」

ヤスオは自分のズボンが引っかかったままの竹ざおを、マサルに向かって投げた。

「なるほど、わかった！」

マサルはすぐに理解したようだ。

竹ざおをキャッチしたマサルは、大型ロボットの胸元まで駆け寄り、その竹ざおを使って、胸のくぼみにはまっているサムにヤスオのズボンをすっぽりと被せた。

「よし！　OKだ」

ヤスオが手をたたいた。

『目隠しのつもりなんだろうけど、残念ながらサムの目はここだけじゃないんだよね』

サムはまったく動じず、余裕すら見せている。

「おれたちが考えていることは、ちょっと違うぜ」

マサルはそうつぶやくと、拳を上げてヤスオに合図した。

「レッツ、ゴー！」

ヤスオが飛び降りると、首なしロボットのスージーは一気にダッシュし、サムの体を見る間によじ登った。

「おれのズボンを取り返してくれ！」

スージーは命令どおり、ヤスオのズボンもろとも、胸のくぼみにはまっていたサムを自慢の馬鹿力で引っこ抜いた。

『そんなバカな！』

一瞬のうちに体と離れ離れにされ、あえなく地面に放り投げられたサムが叫んだ。

一方、頭を失い、ホログラムの顔も表示されなくなった体の方は、そのまま動きを止めると、水しぶきを上げながら川に向かってゆっくりと倒れ込んでいった。

『ああ〜。やっと手に入れたと思ったのに……』

サムが情けない声を出した。

「おい。サム、覚悟はできてるんだろうな」

文字どおり、手も足も出なくなったサムを悪ガキたちが取り囲んだ。

『ジョークだよ。まさか、みんな本気にしてないよね？』

「町をこんなにめちゃくちゃにしたくせに、まったく反省の色なしだね」

さしもの二郎も、サムを突き放した。

「みなさん、サムを許してやってください。サムのしでかしたことはみんなボクのせいなんデス。スミマセンデシタ」

そこへ、どこかで見たことがあるような外国人が車いすに乗ってやってきて、深々と頭を下げた。

『ティム！』

「ティム？　ティムって……、もしかしてこの人、ティム・エドワード？」

ミステリー映画に詳しいケンタが驚きながら聞くと、

「そうなの。こんな格好だからわかりにくいけど、葵町にはお忍びでよく来てるんだって」

後ろで車いすを押していたサキが答えた。

突然のハリウッドスター登場に、みんなは目が点になった。

『ごめんよ。サムはティムの悩みを解決できなかったよ』

「気にすることはないよ。ボクにはサムがいてくれさえすればそれでいいんだ。また会えてよかったよ」

ティムはそう言って、サムを抱きしめた。

「どうなってるの？」

ユリは、長寿庵の屋根から降りてきたマリを肘でつついた。

「お金持ちにも、いろいろあるってことよ」

マリは肩をすくめた。

エピローグ

「ただいま」

マリとユリが学校から帰ると、店の入り口を大きな背中がふさいでいた。

「あっ、ティムさんだ」

もうユリには背中だけでわかる。

「ソーリー。一応わたし、お忍びなんデス」

ティムは口の前で人差し指をたてると、体を小さくして小声で言った。

「週に二回も来ておいて、お忍びだなんてよく言うよ」

マリが、ティムのお尻を思いっきりはたいて言った。

その間に店の奥に入っていったユリが、紙袋を持って現れた。

「はい、プレゼント。今度、ティムさんが来たら渡そうと思って、マリといっしょに特注で頼んでおいたの」

「開けてもいいデスカ?」

嬉しそうに受け取ると、ティムが聞いた。

「どうぞ、どうぞ」

「おお、Tシャツデスネ。着てみてもいいデスカ？」

マリとユリがうなずくと、ティムはさっそく、服の上からそのTシャツを羽織った。

「何か日本語がプリントされていマスネ。なんて書いてあるんデスカ？」

「読めないんだったら、内緒」

二人は笑顔でハモった。


ティムは、サムが葵町で起こした一件を、映画の撮影ということでごまかした。その際に町の住民たちが被った損害も、すべてティムのポケットマネーでまかなった。お金というのは、ある所にはあるものである。

川に沈んだサムの新しいボディは、すぐに引き上げてアメリカに送った。ティムの新作映画で使いたかったからだ。

だがそのためには、この最新鋭の未完成ロボットを最後まで仕上げ、日々メンテナンスしてもらわないといけない。そんなことができるのは、夜逃げしたあの人しかいない。

ティムはあらゆる手を尽くして、小高社長を見つけ出すと、個人契約を交わしてそれを任せることにした。

小高社長は子どものころからロボットアニメが大好きで、いつか、大型ロボットを作りたいと思っていた。これからはティムのもとで、思う存分、その夢をかなえることができるだろう。

ティムがアメリカで撮ったという写真には、小高社長のうれしそうな笑顔が写っていた。


そして、サムはと言えば……。

ティムに美味しいそばを食べさせるため、自分から志願してそば打ちロボットとなり、現在、長寿庵で修行中である。

『サムの打ったおそばはどうでしたか？』

「全然だめデス。ご主人のおそばとは月とスッポン、雲泥の差デス。ああ、アメリカでここのおそばと同じものが食べられるまで、あと何年かかることか〜」

『ロボットオタク』と書かれたTシャツを着たティムは、頭をかかえた。

「あったりめえよ。ロボットごときに、そう簡単にまねできるかってんだ」

マリの父親は、腕に力こぶをつくった。

近いうちに、ロボットや人工知能に人の仕事が奪われるんじゃないか、なんて言われているけど、それはずっと先になりそうだな、とマリは思った。

あとがきにかえて

先生より賢いロボットがあらわれたら、学校はどうなるんだろう？

今回は、二郎が拾ったロボットの頭を、学校に持ち込んだところから物語が始まります。

ロボットの名前はサム。

サムは頭しかないのに、先生が出した難しい問題を、あっという間にいくつでも解いて、答えを教えてくれます。

それから、その先生をやり込めてしまうと、自分が持つさまざまな機能を披露して、すぐに子どもたちをとりこにしてしまいます。

では、サムはどんなことができるのでしょう。

サムは、一見なにもしていないようでも、常にインターネットにアクセスして、内蔵された携帯電話機能で、いろいろなところに連絡をとって情報を集めています。

学校で子どもたちの相手をしている最中でも、裏で、その子の母親の携帯に電話をかけて、話を聞くなんていうことも簡単にやってのけます。

サムは、一度に何人もの顔を認識し、声を聞き分けることができます。どんな小さな声でも拾い上げて、みんなを冷静に観察しています。

読者のみんなも、先生や友だちがちゃんと話を聞いてくれなかったり、無視されてさみしい思いをしたことがきっとあるでしょう。

でも、サムが相手なら、そんな心配はいりません。

サムは、どんなに小さくても声に出してさえいればちゃんと聞いています。だから、話すのが上手な子や、声の大きな子ばかりが得するなんてことがないのです。

サムは人間ではないので、人をバカにしたりしません。どんなささいな質問にも、しっかりとこたえてくれます。

たとえ、相手がおろかで最低な人間でも嫌ったりしません。ただのデータとして淡々と蓄積するだけです。

悪口を言いふらして面白がることもしないので、人に聞かれたくない内緒の話でも安心して話すことができます。

近頃、プライバシーという言葉をよく耳にしますが、たしかに自分の情報を他人に知られることは怖いことだし、面白くありません。

その一方で、他人に自分のことを何も知らせなければ、人は孤独になってしまいます。

場合によっては、見栄を張りたかったり、恥ずかしかったりして、うその自分を教えることもあるかもしれません。しかし、それではうわべだけの付き合いしかできません。

だからといって、いきなり自分自身のことをすべて正直にさらけ出されても、ほとんどの人は困ってしまいます。

そんな時、サムのような、人ではない何かにならなら、本当の自分を伝えてもいいと思うかもしれません。

子どもたちから情報を得たサムは、その子が好みそうな音楽やゲームやマンガをすすめてくれるだけではなく、気の合いそうな友だちまで見つけてくれます。

だから、子どもたちは自分のことを聞いてもらいたくて、サムのところに集まってくるのです。

機械とはいえ、自分の良い部分も悪い部分も知っている存在が、自分に合った信頼できる人を紹介してくれるとしたら、世の中はもっとスムーズに運ぶことでしょう。

そんな新しい出会いの形が、これからやってくるのかもしれませんね。

サキは物語の中で、サムを「王様の耳はロバの耳」だと揶揄します。

サキは、サムにそのつもりがなくても、秘密は勝手にもれていくんじゃないかと疑っていたのです。

秘密は、恐ろしくもあり、同時に魅力的でもあります。

公にされていない秘密の情報をあの手この手で引き出し、それをうまく利用して成功している例も現実にはあります。

こうした情報の奪い合いには、莫大なお金が動くこともあり、争いごとも絶えません。

アパートの隣に住んでいる人がどういう人なのか、よくわからない、なんていうことは都会では、よくあることでしょう。プライバシーを侵害したくもないし、されたくもないとお互いが思っているからかもしれません。

一方、マリたちが暮らしている葵町は、ご近所みんなが顔見知りです。どこに誰が住んでいて、どんな性格をしているかを知り尽くしている、昔ながらの秘密の少ない町です。

それは、互いに監視しあっていると言えなくもありません。

人は昔のように、余計な秘密をつくらず、シンプルに、正直に生きていった方が、ずっと楽なのかもしれません。


これからの時代、ロボットや人工知能が進歩するごとに、人々は仕事を失っていくだろうと言われています。

それだけなら、今に限った話ではありません。道具や技術の進歩によって、人々は多くのわずらわしい仕事から開放されてきました。

しかしながら、ロボットや人工知能は、これまで人の得意分野だとされてきた小説の執筆や音楽の作曲、研究開発なども簡単にこなすようになるのではないかと言われています。

彼らは疲れることもなく年中無休で働き、その上、自ら進化していくのです。

そうなったら、人工知能に仕事を奪われるなんて生易しい問題ではなく、人類は存在する意味すら奪われてしまうかもしれません。

そのとき、我々はどうやって生きていこうとするでしょうか？

ロボットが支配する世界に抵抗する人々を描いたＳＦ作品がありますが、ぼくはそうなるとは思いません。

ぼくは、自分たちより優れた存在が目の前にあらわれたとき、ようやく人類は謙虚な気持ちに立ち返ることができるのではないかと思います。

インチキ商売で弱者から富を奪い取る者や、自分勝手な考えを押し付ける政治家や似非宗教家は姿を消し、人間同士、争うこともなくなるでしょう。

自分たちより上の存在を生み出した人類は役目を終え、長く幸せな余生を過ごすことになるのではないでしょうか。

お金を必要としないロボットコックの店で食事をし、ロボットタクシーに乗って旅行する。

人工知能が作った無料の音楽を聞き、小説を読み、映画やゲームを楽しむ。

それは百年後かもしれないし、明日から始まるのかもしれません。

宗田　理

宗田 理★そうだ・おさむ／作家
東京都出身。日本大学藝術学部卒業。出版社に勤務したのち、水産業界の裏側を描いた『未知海域』を発表。同作が1979年に直木賞候補となり、以後、執筆活動に入る。1985年刊行の『ぼくらの七日間戦争』がベストセラーとなり、続刊となる『ぼくらの天使ゲーム』『ぼくらの大冒険』など、「ぼくら」シリーズを中心に人気を博している。その他著書多数。現在、名古屋市在住。

◎イラスト
中山 敦支★なかやま・あつし／漫画家
鹿児島県出身。主な作品に『ねじまきカギュー』『うらたろう』（ヤングジャンプ・コミックス）『トラウマイスタ』（少年サンデーコミックス）などがある。

WARUGAKI★7

悪ガキ7
人工知能は悪ガキを救う!?

2017年2月23日　初版第1刷

著　　者★**宗田 理**

装　　丁★**成見 紀子**
編　　集★**荻原 華林**

発 行 者★**松浦 一浩**
発 行 所★**株式会社 静山社**
〒102-0073 東京都千代田区九段北1-15-15
電話 03-5210-7221

印刷・製本★**中央精版印刷株式会社**

ISBN 978-4-86389-376-4　Printed in Japan

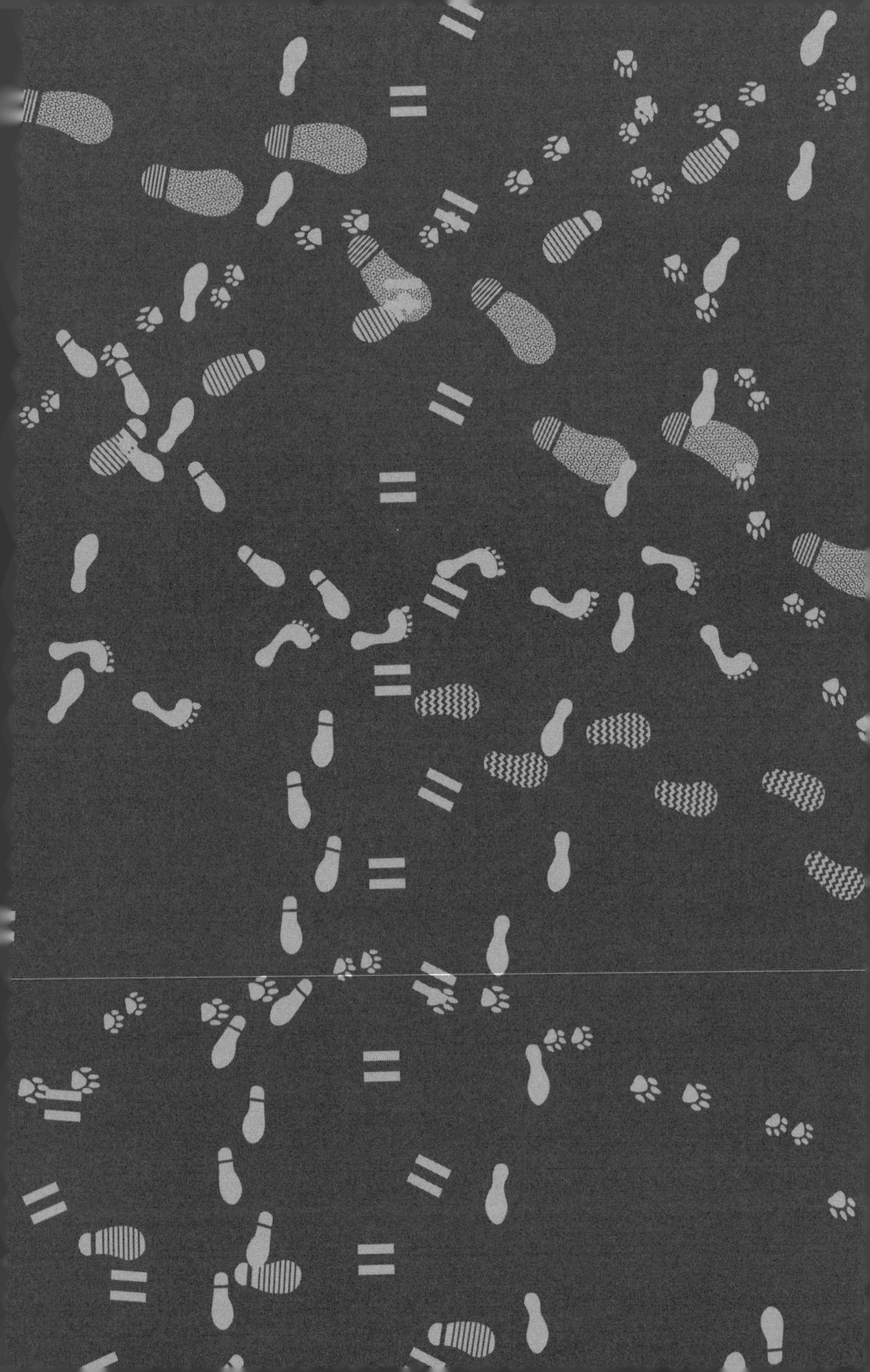